KB048470

인류애가 제로가 되었다

인류애가 제모가 되었다

오누이 정현욱 김지원 황모과 배명은

시네마틱 노블 001

스토리존

생존과 존엄 사이

정보라
(소설가·번역가, 『저주토끼』 저자)

SF의 정의에는 여러 가지가 있다. 『파운데이션』과 『로봇』 시리즈의 작가 아이작 아시모프는 "SF란 과학기술의 발달에 대한 인간의 반응을 서술하는 장르"라고 말한 적이 있다. 『인류애가 제로가 되었다』는 바로 이 정의에 딱 맞는 작품 다섯 편을 담고 있다. 그런데 그냥 아무 인간의 반응이 아니라 과학 기술 발달에 대한 한국인의 반응을 담았기에 특별하다. 한국작가가 쓴 한국 SF만의 재미가 바로 여기에 있다. 한국인이라면 "웃프게" 공감할 수밖에 없는 전개들이 이어지기 때문이다.

예를 들면 첫 작품인 오누이 작가의 「D-1」 주인공 수미 말이다. 수미는 직장을 다니며 알바도 하면서 번 돈을 꼼꼼히 부동산과 펀드에 투자하고, 새벽 4시 반에 일어나 종일 일하다 밤

10시에 칼같이 잠자리에 드는 스마트폰 타이머 같은 삶을 견디며 "모든 것이 완벽하게 준비된 성공의 세계"를 향해 한 걸음 한 걸음 꾸준히 다가가고 있었다. 그러다가 '프리즈' 현상이 일어나 세계 전체가 타임루프 안에 갇힌다. 수미의 하루는 더 이상 앞으로 나아갈 수 없고 미래를 바라보며 꾸준히 뭔가 쌓아 올린다는 것은 불가능해진다. 성실하게 살아왔던 보통 한국인은 이런 상황에서 어떻게 대응할 것인가?

혹은 인류지대사인 결혼 문제 말이다. 공간의 제약 없이 세상의 모든 멋진 미혼 남녀를 다 만나볼 수 있는 가상 공간의 데이트 서비스에 가입하면, 무료 고객과 유료 고객인지, 고객의 나이와 신체 조건과 직장과 월급은 어떠한지에 따라 돼지고기처럼 등급이 나누어진다. 참고로 가상 데이트 공간은 유료다. 언제가 될지도 모를 먼 미래에 외로울 것 같다는 이유만으로, 결혼 안 했다고 무시당한다는 이유만으로 이렇게 시간과 에너지와 금전 자원을 낭비해 가면서 꼭 결혼을 해야만 할까? (참고로 결혼 안 해도 된다.) 혹은 결혼해서 잘 살고 있었는데, 아니 나는 잘 살고 있다고 생각했는데, 사람하고 똑같이 생겼는데 내가 원하는 모든 특징만 쏙쏙 갖춘 안드로이드가 나타난다면 어떻게 할 것인가? 기나긴 인생에는 여러 가지 변수가 있게 마련이니 말이다. (그러니까 결혼은 안 해도 된다.)

그렇게 아등바등 노력하고 최고의 스펙을 갖춘 배우자를 고르고 골라 결혼을 해도 인간은 누구나 늙는다. 그리고 늙고 나면 고독해지게 마련이다. 노동할 수 없는 몸, 노동은커녕 거동도 힘들고 돌봄 없이는 일상을 영위할 수 없는 몸과 정신으로 어떻게 해야 행복하고 존엄한 삶의 끝을 맞이할 수 있을 것인가. 살아서 행복할 가능성이 안 보이지만 죽어서 행복할 수는 있을 것 같다면 어떻게 할 것인가. 단편 「유어 라이프」에서 작가는 '유어 라이프'라는 "전설의 게임"과 가상 공간의 인간관계 전반을 소재로 활용하여 고령화, 세대 갈등, 혐오 등의 사회 문제와 함께 행복과 자유의지라는 가장 실존적인 질문을 거침없이 독자의 눈앞에 들이민다.

『인류애가 제로가 되었다』의 여러 작품들은 이처럼 이미 존재하거나 앞으로 아무래도 존재할 것만 같은 과학 발전의 산물과 기술적 변화들을 웃기거나 어이없거나 혹은 상상도 못 했던 방식으로 한국인의 생활 속으로 끌고 온다. 내가 보기에 이런 이야기들의 바탕에 깔려 있는 것은 생존을 위한 삶과 존엄한 삶 사이의 끝없는 갈등이다. 미래를 위해 일하고, 미래를 위해 저축하고, 고독사하지 않는 미래를 위해 결혼을 고민하고, 한국인은 안정된 미래를 위해 살아간다. 안정이 삶의 정답이고 '먹고사니즘'이 한국인 모두가 공감할 수 있는 21세기 현재 한국의 가장 거대한 철학이자 사상이다. 그렇게 안정적으로 먹고살기 위해, 앞으로도 먹고살기 위해, 늙어서도 안정적으로 먹고살기 위해 아등바등 발버둥 친다. 그러나 시간과 노동력을 잘라 파는 것도 모자라 당장의 생존을 위해 '배내똥'도 내다 팔다 보면 나의 존엄은 어디로 갔는지, 삶의 행복이란 무엇인지, 인생을 사는 방법이 안정과 생존 딱 하나뿐인지, 다른 삶의 방식은 과연 다 틀렸는지, 진지하게 고뇌하는 순간이 올 수밖에 없다.

"나는 그간 무얼 위해 살았던 걸까?" (오누이, 「D-1」, 61쪽)

이 한 문장이 『인류애가 제로가 되었다』의 주제를 가장 훌륭하게 요약해 준다. 아마 지금 21세기 신자유주의 시대를 살아가는 한국인이 모두 이 질문을 마음속에 깔고 있기 때문일 것이다. 그리고 작가들은 각자 자신의 방식으로 이 질문에 대답한다.

그러니까 같은 시대를 살아가는 같은 나라 작가의 작품은 재미있는 것이다. 질문은 한 가지이지만 대답은 사람마다, 또 같은 사람이라도 삶의 단계마다 수없이 다를 수 있다. 생존과 존엄 사이에서 줄타기하는 독자분들도 내가 그랬듯이 이 책의 여러 이야기들 속에서 조금이라도 휴식과 위안과 공감을 느끼실 수 있다면 좋겠다.

조성희

(영화감독, 대표작 〈늑대소년〉·〈승리호〉)

이곳은 다른 행성도 우주선도 아니다. 초능력자도 과학자도 영웅도 없으며 위대한 발견을 하지도 세계를 구하지도 않는다. 이들은 그저 은행원이고, 이혼 소송 중이며, 인터넷 댓글을 수집하고, 빨리 결혼하란 잔소리를 듣는다.

한국 땅에 발을 딱 붙인 이 주인공들은 이전 SF 스토리들과는 다른 방식으로 미래 기술의 그림자를 들여다보고 전 지구적 재앙 속에서 '인류애'에 대한 새로운 질문들을 던진다. 진실되고 창의적인 다섯 단편들. 나누어 읽기는 쉽지 않다.

첫 번째 이야기 「D-1」이 시작되면 그 뒤로는 책을 덮을 수 없으므로.

시네마틱 노블 시리즈
『인류애가 제로가 되었다』

지난 몇 년간 우리는 국내 창작자들의 이야기가 전 세계적 차원에서 영향력을 발휘하는 모습을 계속해서 봐왔습니다. 어느 한 매체나 미디어에 국한되지 않고 모든 영역에서 한국 이야기의 힘을 느낄 수 있는 시대에 우리는 살고 있습니다.

『인류애가 제로가 되었다』는 '시네마틱 노블 시리즈'의 첫 번째 작품으로서 새로운 세대의 한국 창작자들의 더 새로운 이야기를 찾기 위한 서울시 산하 서울산업진흥원(SBA)과 스토리 전문 개발사 21스튜디오의 동행에서 출발했습니다. 21스튜디오와 SBA는 몇 년 전 함께 진행한 지원 사업을 통해 청년 창작자들의 다양한 이야기들을 발굴했고, 그중에는 앞으로 다가올 미래에 대한 새로운 관점과 해석을 놀라울 정도의 상상력으로, 때로는 엉뚱함까지 더해 재밌게 풀어낸 작품들이 다수 있었습니다. 특히 탄탄한 세계관을 지닌 두 작품 「사람도 아닌데」와 「유어 라이프」는 글이라는 매체에서 출발해 다양한 미디어로 확장될 수 있는 가능성이 돋보이는 작품이었습니다.

두 작품이 가까운 미래를 배경으로 인간, 그리고 인간이 살아가는 사회에 던지는 다양한 화두는 『인류애가 제로가 되었다』라는 앤솔러지 시리즈를 기획하는 밑바탕이 되었습니다. 이번 시리즈는 이에 그치지 않고 동일한 주제를 다루며 더 풍성한 소재와 다양한 서사를 담기 위해 여러 후배 창작자들의 글에 귀감이 되어줄 기성 작가님들 특유의 장르를 비트는 작품을 싣게 되었습니다. 가족 드라마가 코믹과 SF 장르와 융합된 황모과 작가의 「배내똥 거래소」, 그리고 SF 로맨스가 스릴러적 재미로 귀결되는 배명은 작가의 「선샤인은 저 너머에」는 장르 문학을 사랑하는 독자들에게 신선한 영감을 전달할 것으로 기대됩니다.

『인류애가 제로가 되었다』에 수록된 다섯 편의 이야기는 모두 드라마, 영화, 웹툰 등의 타 매체로의 확장이 진행 중에 있습니다. 특히 오누이 작가의 「D-1」은 현재 미국 현지에서 드라마화가 준비되고 있는 만큼 세계적으로 통용될 수 있는 강력한 메시지와 대중적으로 소구될 수 있는 신선한 설정이 돋보이는 작품입니다.

유래 없는 팬데믹이 세계를 휩쓸어 간 이후의 뉴노멀을 살아가고 있는 지금, 우리는 오래전 상상만 했던 일들이 당장 현실로 실현되고 있는 모습을 눈앞에서 보고 있습니다. SF 소설은 지금보다 한발 앞선 미래를 상상력으로 그리며 이를 또 다른 차원에서의 현실로 앞당기는 일을 해왔습니다. 그리고 상상과 현실이 마주치는 곳에는 항상 휴머니즘이라는 키워드가 연결고리가 되어주었습니다.

이러한 관점에서 미래의 인간은 어떻게 살아갈 것인가, 어떻게 살아가야 할 것인가에 대한 다양한 해석을 과학적인 시각에서 풀어보는 것이 『인류애가 제로가 되었다』가 목표로 삼은 지점이었습니다. 이번 시리즈가 제시하는 미션에 많은 분들이 공감해 주시고 또 한편으로는 다른 시각에서 다양한 해석을 해주시길 바랍니다.

마지막으로 이야기의 힘을 믿어주시고 본 기획의 출간을 위해 애써주신 스토리존에 감사드리며, 『인류애가 제로가 되었다』를 읽어주신 독자 여러분께 더 큰 감사의 말씀을 미리 올립니다. 이 책 속에서 펼쳐지는 미래 세계를 경험하신 후 앞으로 각자의 미래에 더 깊은 상상력을 키워나가실 수 있기를 바랍니다.

21스튜디오

허규범 드림

차례

D-1

오누이

1

디프로스터 백서 「핵심 개념과 용어 정의」

1. 2024년 7월 2일. 한국 시각 오전 4시 37분 13초. 그리니치 평균시 오후 7시 18분 45초. 인류가 경험한 마지막 시각을 '라섹(라스트 세컨드)'이라 한다.

2. 라섹이 오면 세상은 24시간 전으로 돌아간다. 이 현상을 '프리즈'라 칭한다.

3. 프리즈는 지구의 공전·자전 궤도부터 생명체의 생사 여부까지 모든 형이상학·형이하학적 상태를 하루 전으로 원복시킨다.

4. 인간의 기억은 프리즈에 영향을 받지 않는다. 하루가 지나

도 연속해서 흐르고 또 축적되는 것은 오직 기억뿐이다.

2

수미는 대학 졸업 후, 대기업 은행에 취업, 올해 과장으로 승진하기까지 쉼 없이 달려왔다. 그녀는 지난 6년간 연평균 2억을 모아왔고, 앞으로 3년 뒤, 약 20억을 모아 은퇴를 계획 중인 파이어Financial Independent Retire Early족이었다. 물론 이는 평범한 은행원의 연봉만으로는 달성하기 힘든 계획이다. 수미는 은행에서 퇴근하자마자 과외생들의 집으로 또다시 출근한다. 동시에 다섯 개 남짓의 과외를 돌렸고, 이를 통해 은행 급여를 상회하는 금액을 벌었다. 대학 시절부터 꾸준히 쌓아온 실력과 야무진 성격이 맘카페를 중심으로 입소문이 났던 것이다. 은행 월급의 단 30퍼센트로 월세를 포함한 생활비 일체를 해결하고 나머지 수익은 부동산과 지수펀드에 투자했다.

새벽 4시 반에 기상해서 종일 일하고, 밤 10시가 되면 미련 없이 잠자리에 든다. 어차피 그 시간에 '자니? 보고 싶다, 술 한잔하자'라는 시답잖은 연락이 올 일도 없다. 연애는 물론, 썸도 없고, 이렇다 할 친구도 없는 삶을 그녀는 벌써 6년째 이어나가고 있다.

지겹지도 않아? 한 해 두 해도 아니고 어떻게 그렇게 똑같이 살아?

직장 동료들이 고개를 절레절레 흔들 때마다 수미는 웃어넘길 뿐이다.

아니? 전혀 안 똑같은데? 작년과 올해가 똑같은 건 네 통장 잔액이겠지.

실제로 수미는 주위의 걱정이 무색할 정도로 잘 살고 있었다. 처음 1년은 비상 탈출 버튼을 누르고 싶은 충동이 종종 솟구쳤지만, 2년 차부터 감각이 다소 마비되기 시작했고, 3, 4년 차가 되자 되레 이 금욕적 삶이 선사하는 보람이라는 보상 체계에 중독되어 갔다. 최근에는 2년 정도 더 투자해서 목표 금액을 10억 정도 상향 조정해 볼까 고민하고 있을 정도였으니, 인간이란 실로 적응의 동물이구나 하고 스스로도 감탄하곤 했다.

모태 신앙이었던 수미는 2년 전부터 일요일 오전마다 교회 대신 서점에 가서 자기 계발서를 한 권씩 읽었다. 자기 계발서가 대체로 엇비슷한 내용을 담고 있다는 것쯤은 수미도 잘 알고 있었다. 그녀에게 독서란 새로운 지식이나 정서 함양이 아닌, 목표를 되새기고 계획을 고수할 의지와 신념을 강화하기 위한 자기 암시적 의식에 가까웠다. 자기 계발 베스트셀러 코너 책장에 기대서서 서점 직원들의 눈총 따위는 의식조차 않은 채, 삶의 지혜로 가득한 잠언을 읽으며 전 세계의 성공한 저자들이 그녀의 고행을 인정하고 격려해 주는 환상에 빠져들곤 했다. 황금의 재단에 올라선 저명인사들이 모든 것이 완벽하게 준비된 성공의 세계로 어서 오라며 수미에게 손을 내밀었다. 한 주, 또 한 주 가까이 다가오는 그 손은 금방이라도 잡힐 것만 같았다.

프리즈가 오기 전까지 말이다.

수미는 언제나처럼 새벽 4시 30분에 기상해서 한강 변의 조깅 트랙을 달리고 있었다. 트레이너에 조깅화를 갖추고 이제는 좀처럼 찾아보기 힘든 줄이어폰을 귀에 꽂은 채, 긴 다리를 성큼성큼 앞으로 뻗는다. 알고리즘은 수미에게 경쾌한 뉴에이지 피아노 연주곡을 들려주고 있었다. 음악을 일일이 선곡하는 것은 시간 낭비다. 셔플을 돌려놓고 그때그때 특별히 좋은 곡에 '좋아요'를, 거슬리는 곡에는 '싫어요'를 누를 따름이다. 어느 시점이 되면, 알고리즘이 사용자의 취향을 온전히 파악해서 더 이상 '싫어요'를 누를 일은 없어진다.

오늘 하루 동안 나는 또 얼마나 발전할까?

하루만큼 진화한다는 짜릿한 쾌감에 취해 청량한 새벽 공기를 한가득 들이키는 바로 그 순간, 2024년 7월 2일, 한국 시각 오전 4시 37분 13초, 그리니치 평균시 오후 7시 18분 45초,

프리즈가 왔다.

무슨 일이 벌어진 것인지 파악할 새도 없이 몸은 균형을 잃고 휘청거렸다. 달리던 관성 에너지에 중력까지 더한 속력으로 축축하게 젖은 땅바닥에 얼굴을 세차게 처박았다. 형언할 수 없는 끔찍한 통증에 내뱉은 비명은 자동차 경적 소리에 묻힌다. 수백 대는 될 것 자동차가 일제히 울려대는 경적에 도시 전체가 웅웅거린다.

상처를 확인하려고 폰을 꺼내보니 박살이 나 있다. 이어폰에서 음악이 계속 나오는 걸 보니 다행히 액정만 나간 것 같다. 음악은 제목을 알 수 없는 일본 시티팝으로 넘어가 있었다. 깨진 액정에 비추어 보니 왼쪽 광대가 흉측하게 갈렸고, 앞니는 세 개나 부러졌다. 치료비와 핸드폰 수리비를 떠올리며 한숨을 푹 쉰다. 보슬비가 내린다.

그러고 보니 비는 지금 내리기 시작한 것이 아니었다. 수미가

넘어질 때 땅은 이미 젖어 있었다. 어그적 일어난 수미는 자신의 트레이너가 아디다스로 바뀌어 있다는 것을 깨닫는다.

'오늘 나이키 입었는데?'

처음 느껴보는 강렬한 데자뷔. 아니, 데자뷔라고 하기엔 너무 선명하게 기억하고 있다. 아디다스 트레이너는 분명히 어제 비에 젖어 조깅을 한 뒤, 빨아서 건조대에 널어놓았다.

병가를 낼지 출근을 할지 고민이 된다. 상처가 생각보다 심했지만, 폰 수리비에 치과 치료비까지 아침부터 날려버린 예상치 못한 지출을 떠올리며 출근을 택한다. 연차도 따지고 보면 돈인데 여기서 더 적자를 볼 수는 없었다. 상처를 간단히 소독하고 거즈를 바른 뒤 일단 출근을 하고 점심시간에 눈치를 봐서 병원에 들르면 될 것이다. 하지만 지하철 역에 도착한 수미는 출근하기로 한 자신의 결정을 곧장 후회한다. 새벽 4시에서 5시경에 전국적으로 일어난 의문의 다중 교통사고에 대한 뉴스가 포털을 점령했다. 사고를 낸 대부분의 운전자들이 졸음운전을 하고 있었고, 이로 인해 서울 전역의 도로 교통이 마비됐다. 수미가 넘어지던 그 순간에 운전자들도 비슷한 실수를 한 모양이다. 덕분에 지하철은 유례가 없는 지옥철이다.

서로에게 떠밀린 승객들의 표정이 심히 불편해 보인다. 단순히 비에 젖은 채로 좁은 열차 안에 뒤엉킨 꿉꿉함만은 아닌 듯하다. 뭔가 말하고 싶은 게 있는데 차마 입 밖으로 꺼내질 못하고 서로 눈치만 보고 있다. 수미는 자신 또한 같은 표정을 짓고 있을 거라고 생각한다. 뭔가가 잘못되고 있었다.

행여 사람들이 깨진 앞니를 보고 비웃을까 입술을 앙다물고 은행 문을 열었다. 은행은 비상이었다. 누구도 수미의 앞니 따위에 신경 쓸 겨를이 없었다. 모든 전산 시스템이 하루 전으로 돌아가는 바람에 어제 하루치의 이체·출입금 내역이 모두 사라진 것이다. 전 직원이 미친 듯이 복구에 매달렸다. 수미도 앞니 따위 빠르게 잊고 수습 작업에 뛰어든다. 직원들은 곧 아무 흔적도 없이 사라져 버린 데이터를 복구하는 것이 불가능하다는 것을 깨닫는다. 점장은 각자 어제 처리한 이체 기록들을 최대한 많이 기억해서 수기로 입력하라고 엄명을 내린다. 불가능할뿐더러 의미도 없어 보이는 지시를 따르느라 괜한 고생을 하기 싫었던 직원들은 그제서야 하나둘 놀라운 제보를 하기 시작한다.

가령, 금고를 확인해 보니 보유액이 어제의 입출금 업무를 보기 전과 같달지(점장이 작은 안도의 한숨을 내쉰다), 연락을 돌려보니 우리뿐 아니라 타행에서도 똑같은 현상이 벌어지고 있달지(점장이 그제야 안심하며 쇼파에 털썩 주저앉는다), 코스피, 나스닥 등 전 세계의 모든 주가, 시계의 날짜, 탕비실에 남은 비품까지도 모두 하루 전으로 돌아갔다는 거짓말 같은 소식이 이어졌다.

"어제 나왔던 뉴스랑 기사도 다 사라졌어."

"내 인스타 팔로워 수도 어제로 돌아갔어."

수미는 그제야 무슨 일이 벌어진 것인지 확실히 인지한다. 그녀가 새벽에 느꼈던 것은 데자뷔 따위가 아니었다. 온 세상이 어제로 돌아가 버린 것이다.

이상 현상에 마음이 불안해진 고객들이 은행으로 쇄도해 왔다. 초유의 뱅크런 사태에 비상 업무를 계속한다. 병원에 들르기는커녕, 무슨 일이 벌어진 건지 생각할 겨를도 없이 격심한 야근에 시달린 수미는 옷도 안 갈아입고 침대에 쓰러진다. 그날, 수미는 실로 오랜만에 늦잠을 잤다. 그래봤자 평소보다 7분 13초 더 잤을 뿐이지만 말이다.

오전 4시 37분 13초가 되자 수미는 한강 변 조깅 트랙에 내동댕이쳐졌다. 침대에서 곤히 자다가 갑자기 축축한 시멘트 바닥에 굴러떨어진 황당함에 비해 부상은 크지 않았다. 아디다스 트레이너, 일본 시티팝, 수백 대의 자동차 경적, 보슬비까지, 모든 게 '어제'와 같았다. 박살 났던 액정은 깨끗하게 복구되어 있었고, 깨진 앞니와 갈린 광대 또한 멀쩡하게 돌아와 있었다. 수미는 혼란한 가운데서도 치료비와 수리비가 굳었다는 생각에 기뻤다.

끊임없이 울려대는 자동차 경적과 드디어 세상이 멸망했다고 외치며 뛰어다니는 광기 어린 사람들을 피해 발걸음을 서두르며 수미는 다짐한다.

오늘은 무조건 연차다.

3

디프로스터 백서 「프리즈의 장기화」

인류의 운명을 송두리째 집어삼킨 프리즈라는 초유의 사태에 사람들이 처음으로 보인 반응은 짜증에 불과했습니다. 잘 터지던 와이파이가 갑자기 끊기거나, 기상청의 일기 예보가 틀리거나, 레스토랑의 음식에서 머리카락이 나왔을 때 치솟는 일시적이고 강렬한 불쾌감과 별반 다르지 않았죠. 당연히 와야 할 내일이 오지 않는 현상을 누군가의 태만이나 부주의로 인해 발생한 일시적인 오류 정도로 치부했던 겁니다. 그땐 우리 중 누구도 프리즈가 이렇게 오래 지속될 거라고는 상상조차 못 했으니까요.

금전 거래에 가장 먼저 문제가 생겼습니다. 예를 들어 카페라는 영업장을 살펴보시죠. 커피값을 카드로 긁든, 현금으로 지급하든 다음 날이면 카드 거래 내역도 카페의 금고도 하루 전으로 리셋 되고 맙니다. 무언가를 사고파는 것이 무의미해져 버린 것입니다. 근무 기록을 유지할 수 없어지자, 노사 간에도 같은 문제가 발생했습니다. 회사가 근무일을 잘 기억해 뒀다가 프리즈가 끝나면 그간의 보수를 한꺼번에 지급할 거라고 믿는 근로자는 없었습니다.

행복은 돈으로 살 수 없다.

뻔한 격언은 하루아침에 엄중한 현실이 되었습니다. 사람들이 돈을 벌기 위해 살아가지 않는 세상에서 돈은 순식간에 그 가치를 잃었습니다. 우리는 그동안 잊고 있었던 돈의 의미를 상기하게 됐습니다. 사실 돈이란 그 가치를 정한 사람들의 약속에 불과했던 것입니다. 그 약속을 하루 이상 기록하고 저장할 수 없는 세상에서 모든 유무형 자산의 가치는 제로가 되었고, 자본주의는 맹위를 떨쳤던 그 역사에 비해 싱겁게 막을 내렸습니다.

경제 논리가 아닌 강제력에 의해 지탱되었던 국방, 치안 시스템은 조금 더 오래 유지되었습니다. 하지만 '내일'이 영원히 오지 않을 수도 있다, 다시는 예전의 삶으로 돌아갈 수 없다는 어두운 전망이 줄을 잇자 각국의 공무원들도 자리를 이탈하기 시작했습니다. 경찰과 군인이 사라진 거리는 교도소를 탈출한 범죄자들에 의해 순식간에 장악됐습니다. 그렇게 자유민주주의, 공산주의를 불문한 모든 국가 체제가 일거에 무너졌습니다.

10대를 중심으로 '라섹 임팩트 놀이'가 유행하기 시작했습니다. 라섹 임팩트란 라섹 직전과 직후의 물리적 환경을 극단적으로 다르게 설정했을 때 경험하게 되는 급격한 감각의 낙차로 인한 일시적인 환각을 즐기는 놀이라고 합니다. 예를 들어 라섹에 설산에서 스키를 타고 있었던 학생이 라섹 직전에 온몸에 기름을 붓고 불을 댕기는 식입니다. 이는 만에 하나 프리즈가 끝나고 덜컥 내일이 와버린다면 허무하게 목숨을 잃을 수도 있는 위험천만한 짓입니다. 우리는 아직 프리즈에 대해 무지합니다. 내일이 영원히 오지 않으리라는 무책임한 전망을 믿고 소중한 목숨과 인생을 함부로 다뤄서는 안 될 것입니다.

마약은 더 큰 문제를 초래하고 있습니다. 내일이면 마약이 우리 몸에 끼친 해로운 영향들이 사라져 버린다는 달콤한 유혹에 너도나도 금기시되어 온 호기심을 채우고 있습니다. 하지만 이는 마약이 뇌에 끼치는 영향을 간과한 행동입니다. 도파민이 안겨주는 엄청난 쾌락의 경험은 우리에게 강렬한 '기억'으로 남게 됩니다. 치사량 이상의 마약에 지속적으로 노출되어 온 중독자들은 더 이상 마약을 통해서는 역치 이상의 자극을 얻지 못해 더 강한 자극을 찾아 거리를 돌아다니며 무분별한 살인, 강간, 방화를 일삼는 괴물이 되고 말았습니다. 우리는 그들을 도파민 좀비라고 부릅니다. 디프로스터의 전문가들은 이미 전체 인구의 5퍼센트 이상이 도파민 좀비가 됐을 것으로 추산하고 있습니다.

새로 등장한 계급론은 '재산'이 아닌 '행운'에 의해 계층을 결정 짓습니다. 프리즈 시대에 한 사람의 '행운'이란 오직 라섹 24시간 전, '2024년 7월 1일 4시 37분 13초에 어디서 무엇을 하고 있었는 가'를 뜻합니다. 대표적인 프리즈 흙수저로 브라질 쿠리치바의 한 택배 기사를 들 수 있습니다. 철인 3종 경기에서 우승한 적이 있을 정도로 건강했던 그녀는 라섹 2초 전에 내장이 파열되는 교통 사고를 당했습니다. 사고 당일에는 적절한 응급조치를 받아 목숨을 구했다고 합니다만, 프리즈로 인해 '내장이 파열되는 교통사고 를 당한 지 2초 뒤'라는 계급을 부여받은 그녀는 지옥 같은 하루 하루를 살아가고 있습니다. 반면, 타이베이를 주름잡던 한 요식업 계 회장은 프리즈 일주일 전에 희귀병으로 3개월의 시한부 판정 을 받았습니다. 삶의 의미를 잃고 멍하게 죽음을 기다리던 그는 프리즈로 인해 영생을 얻었습니다.

이처럼 프리즈는 예고 없이 찾아와 우리의 삶을 불공평하게 결정지었고, 우리를 손쉽게 분열시켰습니다. 각 종교와 문화권이 프리즈에 대한 각기 다른 해석과 나아갈 방향을 제시하며 격렬하게 충돌하는 과정에서 인류는 서로에게 끔찍한 만행을 자행하고 있습니다. 하루가 지나면 훔친 물건도 되돌아오고, 죽었던 사람도 되살아나지만, 서로가 서로에게 무슨 짓을 저질렀는지, 그 기억만은 똑똑히 남습니다. 점점 더 잔혹해지는 폭력과 보복의 무한궤도 속에서 서로를 용서하고 힘을 모으는 일은 점점 더 요원해져 가고 있습니다.

프리즈는 종말이 아닙니다. 우리에게 영생을 부여했으니 사실 그 반대에 가깝죠. 많은 이들이 프리즈가 오래도록 유지되길 바라는 것도 이해할 만합니다.

그러나 여러분! 프리즈는 결코 축복이 아닙니다.

프리즈는 우리 인류가 힘을 모아 반드시 극복해야 할 저주입니다.

우리는 운명이 결정지은 곳에 영원히 머무르기 위해 살아가는 존재가 아닙니다.

하루라는 척박한 시간의 땅에 얼어붙은 인류를 해빙하는 것이 우리, **디프로스터**의 사명입니다.

4

매일 같은 시간, 같은 장소에서 주인공에게 길을 묻는 할머니, 모퉁이에서 불쑥 나타나 주인공의 옷에 커피를 쏟는 말쑥한 신사, 주인공을 놀리고 도망치는 꼬맹이… 복붙이라도 한 듯 매일매일 같은 행동을 반복하는 사람들. 하루가 무한히 반복되는 타임 루프를 소재로 한 영화나 드라마에 늘 나오는 장면이다. 이는 하루가 반복되는 현상을 오직 주인공만이 알고 있다는 사실을 보여주기 위한 연출이다. 하지만 주인공뿐 아니라 전 인류가 타임 루프를 인지하는 프리즈의 경우에는 사뭇 다른 전개가 이어지고 있다. 사람들이 새로운 세상의 규칙에 빠르게 적응해 가고 있는 것이다.

프리즈 4일 차, 수미는 라섹이 오기 전에 거리로 나와 미리 조깅을 시작했다. 속도와 보폭을 맞춰 왼발을 앞으로 내디뎌 라섹이 오는 순간, 넘어지지 않고 균형을 잡는 데에 처음으로 성공한다. 수미가 점점 더 자연스럽게 라섹을 맞이하듯이 매일 아침 온 도시에 웅웅대던 경적도 하루가 다르게 잦아들었다. 라섹이 오기 전 운전석에 미리 앉아서 인지 부조화를 줄이고 사고를 피하기 시작한 것이리라.

푹 자고 일어나 최상의 컨디션으로 서울 한강 변에 아침 조
깅을 나서다.

프리즈 계급론에 의하면 수미의 계급은 마음만 먹으면 남은
24시간 동안 뭐든지 할 수 있는 보기 드문 금수저였다. 하지만
정작 본인은 프리즈가 반갑지 않았다. 이대로 프리즈가 영원히
지속된다면 자산 축적을 위해 몰두한 지난 6년간의 노력이 모
두 물거품이 되고 마는 것이다.

세상은 그리 쉽게 변하지 않을 것이다.

언젠가 결국에는 내일이 오고야 말 것이다.

사람들은 언제 무슨 일이 있었냐는 듯 기존의 사회 질서를 회
복할 것이다.

수미는 그날이 올 때까지 기존의 자본주의적 라이프 스타일
을 고수하기로 마음먹었다. 깨져버린 루틴을 회복하는 것이 무
엇보다 중요하다. 모든 자기 계발서에서 강조하는 것이 바로
'반복의 힘'이다. 하루 또 하루, 계속해서 무언가에 정진하고 쌓
아나가는 사람만이 자신의 잠재력을 발휘할 수 있다. 돈을 벌기
위해서가 아니라, 삶을 되찾기 위해, 수미는 다시 일을 하고자
한다.

마트, 편의점, 약국 등 생필품을 취급하는 곳은 매일 부서지

고 털렸지만, 은행은 사람들의 관심조차 끌지 못했다. 누가 쓸데없이 돈 따위를 훔치겠는가? 서글플 정도로 평소와 같은 은행의 모습을 보고 수미는 직감했다. 돈이 쓸모없어진 세상에서 은행에 혼자 앉아 할 수 있는 일은 없다는 것을.

수미는 곧장 과외생의 집으로 걸음을 옮겨본다.

"어머니, 다른 애들 다 놀 때 열심히 공부해 두면 수능 만점도 받을 수 있어요! 프리즈 기간 동안은 무료로 진행해 드릴게요!"

수미의 광기 어린 영업질에 돌아온 학부모의 답은 예상 밖의 것이었다.

"선생님… 제발 우리 애 좀 찾아주세요!"

프리즈가 시작된 지 일주일도 지나기 전에 대부분의 학생들이 집을 나갔다. 입시 스트레스의 반작용이었을까? 학생들, 특히 고등학생들은 그 어떤 사회 계층보다 더 과격하게 비뚤어졌다. 이미 어딘가에서 도파민 좀비가 되어 있을 아이들을 떠올리며 수미는 과외도 포기한다.

일자리를 모두 잃은 수미는 공부를 해보기로 한다. 창밖에는 괴성을 지르며 화염병을 던지는 폭도들이 날뛰지만, 명상과 요가를 하며 마음의 평화를 유지하려 노력한다. 언젠가 내일이 오는 날, 저들보다 한발 앞에 서 있을 자신을 상상하며 이를 악물고 고행을 지속해 나간다. 하지만 집에만 혼자 박혀 있자니 견고했던 의지는 금세 가뭄 철 논바닥처럼 쩍쩍 갈라졌고, 그 틈 사이로 불안이 스며들기 시작했다.

정말 이대로 다 끝이면 어떡하지? 지구가 반 토막 나서 인류가 이미 멸망했고, 우리의 영혼은 단체로 구천을 떠돌며 멸망 하루 전을 반복해서 추억하고 있을 뿐이라고 확성기를 통해 외쳐대는 저 사이비들의 말이 사실이면 어쩌지?

금방이라도 미쳐버릴 것 같은 마음에 수미는 잡히는 대로 부엌칼 한 자루를 움켜쥐고 외출을 감행한다.

사람들, 아니 도파민 좀비들은 대체로 술이나 마약에 취해 끔찍하고 괴이한 짓을 일삼고 있었다. 품에 감춘 부엌칼을 너무 꽉 쥐고 있던 나머지 팔에 쥐가 난다. 바깥 구경을 해서 기분이 나아지고 있는 건지, 더 나빠지고 있는 건지 헷갈린다. 코너를 돌자, 똘똘 뭉쳐 집단으로 성행위를 하는 사람들이 수미의 시야에 들어온다. 절로 눈살이 찌푸려지는 그로테스크한 장면이지만, 이상하게도 눈을 뗄 수가 없다.

무리 속 한 여성과 눈이 마주친다. 연예인이다! 이름은 기억나지 않지만, 텔레비전을 보지 않는 수미에게도 분명 낯이 익었다. 그녀가 실오라기 하나 걸치지 않은 알몸으로 양팔을 벌린 채 걸어온다. 구경만 하지 말고 이리 와서 함께하자는 적의 없는 제스처일 뿐이었으나, 무려 6년을 금욕해 온 수미에게 이는 너무 급진적인 제안이었다. 가까이 오지 말라는 수미의 경고에도 연예인은 배시시 웃을 뿐이다. 고장 난 기계처럼 쭈뼛거리던 수미는 눈을 질끈 감고 연예인에게 부엌칼을 내지른다.

아니, 이는 급박했던 당시 상황과 살인의 죄책감으로 왜곡된 기억이다. 실제로 수미는 놀라고 당황한 나머지 가까이 오지 말라며 부엌칼을 조금 내밀었을 뿐이고, 그러거나 말거나 다짜고짜 수미를 끌어안은 것은 연예인이었다. 피 흘리며 죽어가는 연예인의 얼굴이 고통으로 일그러졌지만, 거기에 죽음을 목전에 둔 사람이 마땅히 보여야 할 어떤 절망이나 공포는 부재했다. 죽음에서 아무런 의미를 느끼지 못할 정도로 이미 여러 차례 죽음을 경험해 본 것이 분명하다. 그녀의 관심은 오히려 자기 자신의 죽음이 아닌, 사람을 처음 죽인 게 분명해 보이는 수미의 반응에 쏠리고 있었다.

"미안해요. 정말 미안해요. 나는 그러려던 게 아니었어요."

연예인은 자신의 손을 붙들고 황망하게 사죄하는 수미를 향해 뭔가를 건네더니 엉거주춤 받아드는 수미에게 히죽 웃어 보이며 숨을 거둔다. 수미는 자꾸만 떠오르는 살인의 감각에 집으로 돌아오는 내내 속을 게워냈다.

사람 좀 죽이면 뭐 어때? 내일이면 다시 살아날 텐데.

방 안에 틀어박혀 살인을 합리화하던 수미는 죽은 여자가 건넨 것을 꺼내 본다. 지퍼백에는 스무 정 정도 되어 보이는 흰 알약이 들어 있었다.

죽기밖에 더하겠어?

알약을 하나 삼키고 5분 정도 지나자, 전신에 오한이 스민다. 아니, 그것은 한기로 오해할 정도의 지독한 고독감이었다. 수미는 맹독의 해독제를 찾듯이 필사적으로 여기저기에 전화를 건다. 종종 연락을 주고받던 지인들, 오랜 시간 사귀었던 친구들, 한때 그녀에게 호감을 보였던 남자들까지, 아무도 받지 않는다. 사람들은 그녀를 괴짜이자 자기밖에 모르는 사람이라고 여겼다. 수미는 자신의 인생을 통째로 부정하며 감당하기 힘든 슬픔과 우울의 파도에 휩쓸린다. 자기 파괴적 충동을 억누르지 못하고 남은 알약을 전부 삼켜버렸다. 잠시 후 관자놀이가 빛나기 시작했다. 점점 더 강렬해지는 빛에 압도되며 정신을 잃었다.

그 의식의 단절은 단순한 수면이었을 수도, 혹은 죽음이었을 수도 있다. 프리즈 시대에 그 둘을 구분하기란 쉽지가 않다.

조깅 트랙에 쓰러진 수미는 움직이지 않는다. 수미의 뇌는 간밤의 향 정신적 파라노이드와 새벽의 명징한 의식 사이에서 일종의 라섹 임팩트를 겪고 있었다. 상냥한 빗줄기가 수미의 안면을 톡톡 두드린다. 이어폰에서 흘러나오는 일본 시티팝을 들으며 대자로 드러누워 하늘을 본다. 시야 가득, 새벽 비가 내리는 잿빛 하늘이 들어온다. 눈물과 비가 뒤섞이는 것을 느끼며 웃어 본다. 문득 온몸의 감각이 하나하나 살아나는 것을 느낀다.

그 당시의 유행가를 들으며 어린 시절의 사진 앨범과 친구들과 주고받던 손편지들을 꺼내 본다. 그냥 다 버려버릴까 싶었던 추억 상자 따위가 그토록 큰 감동을 줄 거라고는 상상도 못 했다. 그녀에게도 한때 보통의 감정과 진짜 인간관계가 있었다는 증거가 무척 소중하게 여겨졌다. 수미는 조심조심 안전 지대를 돌아다니며 세상을 둘러보기 시작한다. 비록 망해버린 세상이지만, 경주마처럼 달려왔던 그녀가 하루하루 무심결에 지나친 것들이 선명하게 눈에 들어온다. 세상이 얼어서 멈추자, 수미의 마음은 해빙되어 꿈틀대기 시작했다. 돈 모으는 데는 별 도움이 안 될 것 같아 읽지 않았던 책 제목 하나가 떠오른다.

멈추면, 비로소 보이는 것들

약에 취해 사방팔방에 전화를 걸었던 지난밤이 뒤늦게 떠오른다. 프리즈 이전이었다면 일주일은 이불 킥을 했겠으나, 사람을 죽여도 별스럽지 않은 시대에 이 정도는 없던 일로 쳐도 무방할 것이다.

하지만 양가훈, 그 녀석마저 전화를 받지 않았다는 사실은 이상하게 그냥 넘어가지지 않았다. 양가훈은 수미의 팀에서 근무했지만, 정직원 전환에 실패한 인턴이었다. 난 괜찮으니 신경 쓰지 말라는 듯 책상을 빼던 가훈이의 억지 미소에는 남의 일 일랑 일절 관심을 두지 않는, 수미의 마음에도 여운을 남길 정도의 페이소스가 있었다. 은행이 자선 단체도 아니고, 무엇보다 수미에게 결정권이 있는 것도 아니었건만, 이상하게도 마음이 쓰였다. 여기가 아니더라도 다른 어딘가에 요령 좋게 자리를 잡겠거니 싶었던 다른 인턴들과 달리, 가훈이의 앞날 만큼은 어느 누가 보아도 캄캄했기 때문일 것이다. 그렇게 얕잡아 보던 녀석에게 먼저 전화한 것도 자존심이 상하는데, 그걸 또 안 받으셨다? 어떻게든 해명을 듣고야 말겠다는 일념으로 전화와 메시지를 쏟아붓지만, 가훈이에게선 끝내 답이 없다. 오기와 궁금증이 동시에 샘솟는다.

뭐 달리 할 일도 없잖아?

수미는 회사의 비상 연락망을 뒤져 양가훈의 주소를 찾는다. 차로 30분 거리다. 수미는 운전면허가 없다. 자동차는 재테크의 주적이니까.

시동이 걸린 채로 갓길에 방치된 제네시스가 보인다.

수미는 이참에 운전을 배워보기로 한다.

5

디프로스터의 백서 「디프로스터 소개」

프리즈의 원인은 뭘까요? 대체 무엇이 이런 초현실적인 현상을 초래한 걸까요?

새로운 시대를 살아가는 '방법(how)'을 어느 정도 배우고 익힌 사람들의 관심은 차차 '이유(why)'로 향하기 시작했습니다. 디프로스러(defroster)는 '내일'을 맞이하겠다는 특별한 결의로 일찍이 진상 규명에 착수했습니다.

그간 디프로스터는 음모론에 빠진 덕후 혹은 학식을 뽐내고 싶어 하는 상아탑의 학자 집단 취급을 받아왔으며, 실제로 우리의 연구 중 상당수는 아무런 수확도 없이 폐기됐습니다. 예를 들어 기억에 관한 연구가 그러했지요. 세상 모든 것이 하루 전으로 되돌아가는데 왜 우리의 기억은 유지되는 걸까? 기억을 저장하는 물질이 왜 프리즈의 영향을 받지 않는지를 파악할 수만 있다면, 프리즈의 해결책을 찾을 수도 있지 않을까? 지금도 그 연구는 계속되고 있지만, 아직까지 유의미한 성과는 없었습니다. 다만, 프리즈에 대한 면역은 다른 동물이 아닌 인간의 기억에만 국한된다는 점은 검증할 수 있었습니다. 우리는 각종의 강아지 수천 마리에게 하루 동안 변을 가리는 훈련을 완수시켰고, 다음 날이면 어김없이 아무 곳에나 싸지르는 결과를 확인할 수 있었습니다. 수개월에 걸친 실험 결과, 개의 기억은 인간의 기억과는 달리 라섹을 기점으로 리셋이 된다고 확실히 결론이 났습니다. 그러니 우리집 개는 똑똑해서 어제를 기억한다는 제보는 멈춰주시기 바랍니다.

그래도 운동에 관한 우리의 연구는 꽤 유의미했다고 생각합니다. 프리즈 시대의 운동은 대표적인 헛짓거리로 여겨져 왔습니다.

아무리 운동을 열심히 해봤자 다음 날이면 근육 세포가 모두 리셋되는 근성장의 기회가 원천 차단된 세상에서는 가장 중증의 운동중독자도 바벨을 집어 던지고 말았죠. 하지만 디프로스터는 프리즈 시대에도 꾸준한 노력을 통해 여전히 운동 능력을 향상할 수 있다는 것을 증명했습니다. 운동에는 두 가지 효과가 있습니다. 운동을 하면 근골격뿐만 아니라, 흔히 운동 신경이라고 부르는 신체를 통제하는 두뇌 능력이 동시에 향상되는 겁니다. 여기서 운동 신경을 담당하는 시냅스 구조는 프리즈의 영향을 받지 않는 기억의 영역에 속해 있는 것으로 보입니다. 보디빌딩식의 단순 고립 운동이 아닌, 운동 신경을 자극할 수 있는 응용 동작 위주의 운동을 해보세요. 각종 구기 종목, 격투기, 운전, 승마, 사격 등, 지식과 테크닉이 접목된 신체 활동을 연마하기에 프리즈는 가히 최적의 조건이라 할 수 있습니다.

이 시기에 디프로스터의 활동이 특별히 이목을 끌지 못했음에도 가입자는 꾸준히 늘어갔습니다.

무한히 반복되는 하루하루 속에서 무료함과 우울함에 지쳐가며 내일의 도래를 갈구하게 된 사람들이 각종 SNS를 통해 디프로스터의 소신 있는 활동을 보며 용기와 위안을 얻었던 것이죠. 이에 착안해서 우리는 디프로스터 백서를 SNS에 정식으로 배포하기 시작했습니다. 지금 읽고 계시는 이 백서는 프리즈의 순리에 따라 내일이면 삭제됩니다. 하드디스크나 클라우드에 저장하든, 원고지에 만년필로 꾹꾹 눌러 써 옮기든, 영화 메멘토의 주인공처럼 온몸에 문신으로 새기든, 그 어떤 방식의 백업도 하루가 지나면 모두 사라지고 말지요. 백서 담당팀은 오직 기억에 의존해서 어제의 원고를 복원한 다음, 각국에서 벌어진 사건과 현상, 연구 결과들을 종합하고 갱신해서 매일 백서를 새로 작성하고 있습니다. 디프로스터 백서는 이 시대에 유일하게 남은 신념을 가진 언론입니다. 지난 수백 번의 하루를 빠짐없이 그래왔듯이 막막하고 고독한 프리즈 시대를 여러분과 함께하겠습니다.

6

그에게 업무 지시를 하고 나면 묘하게 신경이 쓰였다. 크게 문제를 일으키거나 실수를 하는 것은 아니었으나, 일 처리 속도가 눈에 띄게 느렸던 것이다. 한번은 짓궂은 사수가 메일을 쓰고 있는 가훈이의 모니터를 훔쳐봤다. 본문 작성과 첨부 파일 첨부를 마친 가훈이는 맞춤법 검사기로 오탈자를 체크하고, 올

바른 파일을 첨부했는지 다시 한번 열어보고, 문맥이나 경어에 어색한 부분이 있는지 없는지 확인하며 이리저리 수정하고, 말투가 너무 딱딱한가 싶어서 ^^, :-), :), :D를 차례로 넣어보고, 'ㅎㅎㅎ'와 'ㅋㅋㅋ' 중에 뭐가 더 어울리는지 하나씩 대입해 본 뒤에야 망설이며 전송 버튼을 눌렀다. 그리고 발신 메일함에서 방금 보낸 메일을 열어서 똑같은 사항을 다시 한번 확인했다. 결과적으로 메일 하나 보내는 데 30분이 넘게 걸리곤 했다.

"군대에서 살벌한 고참을 만나 머리에 인이 배기도록 갈굼을 당하다가 뭐든지 거듭해서 확인하는 습관이 생긴 게 분명해."

가훈이의 사수는 자신의 목격담에 제법 구체적인 해설까지 곁들였다.

덤벙대다가 실수하는 것보다 낫지 않나?

그때만 해도 수미는 그렇게 생각했다. 하지만 이내 멀쩡한 허우대로 시종 경직되어 있는 가훈이를 보고 있자면 갑자기 소화가 안 되는 것 같은 답답증에 황급히 시선을 돌려버리곤 하는 자신의 모습을 발견하게 된다. 큰 문제가 있는 사람은 아니었으나, 그냥 타고나길 일머리가 없었다.

가훈이네 집은 신축 아파트 단지에 있었다. 집값이 또 뛰었다는 뉴스에 꼭 거론되곤 하던 대표적인 강남 아파트였다. 수미가 계획대로 돈을 모아 은퇴에 성공했더라도 이 아파트의 가장 작은 평수도 살 수 없었을 것이다. 차량 통행이 금지된 럭셔리한 공원형 아파트 단지를 그새 다 찌그러진 제네시스를 타고 난폭하게 누비는 맛이 제법 일품이었다. 초인종을 몇 번 울려본다. 인기척은 없지만 개 짖는 소리가 들린다. 수미는 인근 철물점에서 전기톱을 구해 와서 문을 딴다. 아담한 사이즈의 웰시코기가 경계하며 맹렬하게 짖어댄다. 배낭에서 비상식량을 꺼내 주자, 킁킁 냄새를 맡더니 이내 망설임 없이 씹고 삼키기 바쁘다. 현관으로 들어선 수미는 방과 화장실 문을 하나하나 열어본다. 넓은 집이다.

집에 없나?

김이 팍 새려던 순간, 수미는 거실 창밖에 매달린 시커먼 형체를 보고 비명을 지르며 엉덩방아를 찧는다. 놀라 자빠졌던 수미는 가슴을 진정시키는 한편, 그 형체가 역광을 받은 사람의 실루엣이며, 그게 다름 아닌 가훈이라는 사실을 차근차근 인지한다. 가까이 다가가 보니 그는 창밖이 아니라 창 안, 정확하게는 이중창 사이에 들어가 있었다. 팬티 바람으로 유리창 사이에 달라붙어 있는 꼴이 한 마리의 도마뱀 같아 우습다.

"가훈 씨? 거기서 뭐 하는 거야?"

"과장님?"

갑자기 누가 자기 집 문을 따고 들어온 것도 황당한데 그 사람이 우수미 과장이라니, 확실히 지금 놀라야 할 사람은 수미가 아니었다. 아무리 프리즈 시대라고는 하지만, 무단으로 가택에 침입해서 집주인에게 인사도 없이 다짜고짜 뭐 하는 거냐니, 너무 뻔뻔스러웠나 싶어 조금 민망해진다.

"아. 그게 그러니까. 요즘 뭐 하고 사나 해서. 전화도 안 받길래."

"저 일단 이것 좀 열어주세요."

"왜 직접 안 열고?"

"이게 여기서는 안 열려요."

창문 주위로 분무기와 신문지 조각들이 보인다.

이 시국에 유리창 청소를? 하지만 왜 저 안에서 스스로를 감금한 것일까?

많은 것이 의문스러웠지만, 의심스럽지는 않았다. 가훈이가 수미에게 속임수를 쓸 것 같지는 않았다. 수미가 창문을 열어주자 가훈이는 천천히 한 발, 또 한 발 거실로 내디딘다. 그 느리고 비장한 동작을 보고 있자니 최초로 달에 착륙한 인류의 발걸음이 떠올랐다. 조그마한 움직임에도 쥐가 날 것 같아 노심초

사하는 꼴을 보니 저 사이에 꽤 오래 끼어 있었나 보다.

"이제 좀 말해봐. 저기서 뭐 하고 있었던 거야?"

"잠시만요."

가훈이는 질문을 흘려 넘기며 화장실도 다녀오고 반바지를 챙겨 입고 물도 한 모금 마시더니 이제 좀 살겠다는 듯 쇼파에 몸을 묻는다. 인내심을 가지고 기다린 수미에게 선심이라도 쓰듯 초점 없는 눈으로 가훈이가 입을 열었다.

정직원 전환에 실패한 가훈이는 몇 날 며칠을 방에 누워만 있었다고 한다. 함께 사는 엄마는 잔소리를 포기하고 친구들과 훌쩍 일본 여행을 떠나셨다.

라섹 24시간 전, 2024년 7월 1일, 가훈이는 그날도 아무것도 안 했다. 새벽녘이 되어 자려고 누웠지만, 그날따라 자괴감이 치밀어 올라 잠이 안 왔다. 유리창이 유난히 더러워 보였다. 한반도를 뒤덮는 미세먼지는 26층 고층 아파트에서도 피할 수 없다. 저 시커먼 얼룩을 깨끗이 닦고 나면, 적어도 오늘 유리창은 닦았다고 자기 위안을 하면 잠들 수 있을 것 같았다.

분무기에 물을 채우고 엄마가 읽는 조선일보 한 뭉치를 찢어 달려들었다. 한밤의 유리창 대청소가 시작됐다. 한 장, 또 한 장,

시커멓게 변한 신문지를 구겨 던질 때마다 완전히 고갈됐다고 여겼던 성실한 의지력이 점차 가훈의 마음속에 고여갔다.

내일부터는 다시 헬스장을 등록하고, 자소서도 새로 쓰고, 친구들도 만나야지.

바깥 창문부터 안쪽 창까지 이중창 사이에 들어가 낑낑대며 닦고 멀리서 깨끗해진 유리창을 바라본다. 뿌듯함이 밀려온다.

내친김에 거실 창문까지 닦자!

어떤 종류의 마음은 쓰면 쓸수록 더 풍부해지는 법. 의욕이 충천해진 가훈은 자기 방 창문에 비해 턱없이 큰 거실 창문을 향해 거침없이 달려든다. 이중창 사이로 몸을 밀어 넣고 창문을 이리저리 밀며 빈틈없이 닦는다. 안창을 닫았을 때 철컥! 경쾌한 잠김음이 들렸지만, 대수롭지 않게 여겼다. 중노동을 마치고 거실로 나가려고 안창을 열어보았지만, 꿈쩍도 하지 않았다.

가훈은 자신이 범한 실수를 깨닫고 피식 웃었다. 또 한심한 실수를 저질렀구나 싶은 자조적인 웃음이었다. 하지만 곧 이 상황이 어떤 의미로든 웃을 일이 아니라는 것을 깨닫는다. 무슨 수를 써봐도 창문은 열리지도 부서지지도 않았다. 손잡이에 달린 버튼을 엄지손가락으로 꾹 누르고 슬라이드 해야 열리는 자동 잠금식 시스템 창호로 보온과 방범 두 마리 토끼를 다 잡은 견고하기 이를 데 없는 최고급 모델이었다. 엄마는 결코 이런 데에 돈을 아끼는 법이 없다.

그때 쪽팔림을 무릅쓰고 소리를 질러 아파트 주민들의 새벽잠을 깨워서라도 탈출을 감행했어야 했다. 하지만 가훈이는 엄마가 일본에서 돌아오기로 예정된 다음 날 정오까지 8시간을 기다리는 쪽을 택했다. 엄마는 가훈이를 구해주면서 터져 나오는 웃음을 꾹 참았다. 최근 들어 한껏 예민해진 아들이 자신을 비웃는다고 생각할까 봐 조심스러웠다. 창문에서 나온 가훈이는 그대로 탈진해서 잠들었다.

잠에서 깼을 때, 가훈이는 다시 이중창에 끼어 있었다. 엄마는 오지 않았다. 프리즈로 인해 귀국 비행기를 탈 수 없었던 것이다. 가훈이는 그후로 쭉 이중창에 갇혀서 지냈다. 수미가 불쑥 나타난 이 순간까지 세 달이 넘는 시간을 눕지도 앉지도 못하는 유리 독방에서 진공 포장된 닭 가슴살처럼 살아온 것이다.

수미는 이야기가 끝나도록 믿을 수 없다는 표정으로 가훈이의 얼굴만 들여다보고 있었다. 어느 부분이 가장 이해가 안 가는지 분간하는 게 쉽지가 않았다. 이 인간은 생각보다 더 엉망진창이었다. 프리즈가 올 것을 예상하고 가장 나쁜 상황에 처하려고 한 달 전부터 철저히 준비해도 저런 꼴을 당하기는 쉽지 않을 것이다. 말문이 막힌 수미에게 가훈이 먼저 질문을 한다.

"시간이 얼마나 지났죠?"

"100일 정도 됐어."

"네? 그거밖에 안 됐어요? 몇 년은 된 줄 알았는데."

수미는 내일도 이중창 사이에서 눈을 뜨게 될 가훈이를 위해 해결책을 찾아보려고 한다.

"몸으로 밀어서 유리를 깨고 들어오면 안 돼?"

"저도 별짓 다 해봤죠. 근데 유리가 너무 튼튼해요. 이중창 사이가 너무 좁아서 힘쓸 각도도 안 나오고요."

"그럼 밖으로 나가서 난간이든 배수구든 잡고 내려갈 수는 없는 거야? 몇 번 떨어져도 상관없잖아?"

"저 고소공포증이 있어서요. 그래서 서 있을 때도 집 안쪽으로 보고 서 있는 거예요."

"그럼 밖에다가 소리라도 질러서 누구한테 도와달라고 해보지 그래?"

"어떤 사람이 올라올지 모르잖아요. 내가 매일 여기에 갇혀 있는 걸 알면 그 사람이 매일매일 나한테 무슨 짓을 할지 어떻게 알죠?"

"아니, 대체 무슨 짓을 당하는 게 거기 그렇게 찌그러져 있는 것보다 더 나쁠 수가 있다는 거야?"

납득하지 못하는 수미의 반응에 가훈이는 결국 진짜 이유를 말한다.

"제가 도와달라고 하면 와줄까요? 저 같은 사람을 구하러 여기까지 올라와 줄까요?"

100일간 고문을 받은 거나 다름없는 가훈이의 멘탈은 극도로 연약해져 있었다. 그가 끝내 눈물을 흘린다.

누군가 수미 앞에서 눈물을 보인 것이 언제였는가? 수미는 어색하게 가훈이의 옆에 앉아 흔히들 그러듯 어깨를 토닥여 본다.

"난 네가 구해달라고 하지도 않았는데 이렇게 왔잖아."

어디서 이런 느끼한 대사가 튀어나온 걸까? 수미의 귀에 자신의 목소리가 남의 것처럼 낯설게 들렸다. 가훈이가 눈물이 그렁그렁한 커다란 눈으로 돌아본다.

"그럼 내일 하루만 더 저 좀 구해주실래요?"

아뿔싸! 이건 함정이다. 내일 하루라면 왜 안 되겠는가? 하지만 조금만 생각해 보면 알 수 있었다. 이건 한 번 오면 계속 와야 하는 일이다. 보통 거절을 못 하는 친구들이 이런 부탁에 넘어가 한 번이 두 번 되면서 호구로 전락하곤 한다. 이런 건 초장에 끊어야 한다.

"아, 내일은 내가 선약이 있어서…"

프리즈 시대에 선약은 무슨 선약인가? 곤란한 일에 엮일지도 모른다는 낭패감에 빤히 보이는 거짓말을 하며 뒷걸음치던 수미의 다리에 뭔가 촉촉한 것이 와 닿는다. 아까는 깨물겠다고 짖어대던 코기가 꼬리를 세차게 흔들며 반짝이는 코를 비비고 있었다. 근래에 보지 못한 귀여움에 수미의 심장이 욱신거린다. 이때다 싶었을까? 수미의 기색을 살피던 가훈이는 급기야 무릎을 꿇고 두 손을 싹싹 비비기 시작한다.

무슨 인간이 저렇게 자존심이 없지?

사람이 이렇게 문자 그대로 빌어대는 꼴은 살아생전 본 적이 없었다.

그만큼 절박하다는 걸까?

수미가 오지 않는다면 가훈이는 영원히 저 멍청한 창문 사이에 감금되어 꼴사납게 인생을 마치게 될 것이다. 수미에게는 그저 귀찮은 정도의 일이지만, 그에게는 천국과 지옥을 오가는 문제였다.

게다가 매일 가훈이를 구해주면 웰시코기도 매일 볼 수 있다!

마음이 서서히 기우는가 싶은 순간, 부모님의 행복한 미소가 수미의 뇌리를 스쳤다. 부모님은 서로를 끔찍이도 아꼈다. 아무리 집이 가난해져도, 밥을 굶어도, 서로에 대한 사랑만큼은 변하지 않았다. 어린 수미는 그들의 무조건적인 사랑이 가족을 가난하게 만드는 주범이라고 생각했다.

정신 차려, 우수미!

혼자 고개를 한 번 세차게 흔들더니 뒤도 안 돌아보고 도망쳐 버리는 수미였다.

7

디프로스터 백서 「내일의 희망」

앞서 소개해 드렸던 타이베이의 회장님은 기껏 얻은 영생에도 불구하고 목숨을 담보로 신에게 농락을 당했다는 모멸감으로 마약에 빠져 도파민 좀비가 돼가고 있었습니다. 그러던 어느 날 그는 디프로스터의 백서를 통해 브라질 택배 기사의 사연을 접한 뒤, 문득 정신을 차렸다고 합니다. 자신에게 주어진 영생이 신의 장난질이 아닌 하나의 계시였다는 것을 깨달은 겁니다. 그길로 디프로스터의 도파민 재활 센터에서 치료를 시작한 그는 완치와 동시에 전용기를 몰고 브라질로 향했습니다. 그날부터 오늘까지도 그는 매일 아침 택배 기사에게 직접 날아가 그녀를 간호하며 살아가고 있습니다.

금수저들이 자발적으로 흙수저를 구제하는 낙수 효과에 대한 수많은 제보가 우리 백서 팀으로 접수되고 있습니다. 앞으로도 되도록 다양한 미담을 공유하도록 하겠습니다. 사람들은 스스로 깨달아 가고 있습니다. 비록 세상에는 커다란 변화가 왔지만, 인간은 변하지 않았다는 것을요. 우리는 여전히 세상에 선한 영향력을 행사할 때 가장 고차원적인 행복을 느끼는 신성한 존재입니다. 사람들은 스스로 공격적인 충동과 물질적 쾌락, 해묵은 감정을 내려놓고, 지성과 교양, 우정과 사랑, 즉 인간다움을 회복하고 있습니다.

디프로스터가 프리즈 현상의 원인을 발견했다는 소식은 이러한 자정 작용을 조금 가속화시켰을 뿐입니다.

프리즈가 지속되는 동안 무의미한 하루를 반복하고 있었다고요? 주위를 둘러보니 누구는 평생 미뤄왔던 악기 연주를 배웠네, 누구는 3개 국어를 마스터했네, 또 누구는 고시 공부를 계속해 왔네 하며 내일을 묵묵히 준비했다는데 나 혼자만 뒤처진 것 같다고요? 너무 불안해하지 마세요. 디프로스터는 이제 막 프리즈 현상의 원인을 발견했을 뿐, 프리즈를 종식할 방법을 찾을 수 있을지, 그게 언제쯤일지는 아직까지 미지수입니다. 우리가 '내일'을 되찾는 그날은 10년 혹은 100년 후가 될 수도 있습니다.

그러니 여러분, 지금이라도 프리즈 이전의 삶으로 돌아가세요. 건강한 긴장감을 가지고 하루하루를 감사히 살아가세요. 독서를 하고, 운동을 하고, 사랑을 나누며 내일을 맞이할 준비를 시작하세요.

내일을 기다리지 마세요. 내일로 걸어 나가세요!

8

수미가 두 번째로 창문을 열어준 순간, 가훈이는 수미에게 와락 안겨 왔다.

"감사합니다! 정말 감사합니다! 진짜로 와주실 줄은 몰랐어요."

"왜 이래. 약속 파토 나서 잠깐 들른 것뿐이야."

"네! 네! 혹시 다음에 또 시간 되시면 비밀번호 누르고 들어오세요. 0326*. 제 생일이에요."

수미는 대꾸도 없이 준비해 온 특제 간식을 허겁지겁 먹어치우는 웰시코기만 쓰다듬는다.

"예쁘죠? 위글이예요."

"위글이?"

"엉덩이가 하도 커서. 그 흑인 노래 아시죠? 위글위글위글~"

가훈이는 이틀 연속 만끽하게 된 신체적 자유에 기분이 한껏 들떴는지 골반을 빙글빙글 돌려가며 노래를 부르기 시작했다.

늘 뻣뻣하게 굳어만 있던 가훈이에게 저런 면이 있었구나.

자신의 골반이 희롱당하고 있다고는 상상도 못 했을 위글이가 그의 곁에서 신나게 펄쩍펄쩍 뛰었다.

다음 날도, 그다음 날도 수미는 가훈이를 구한다. 스스로의 다짐도, 가훈이와의 약속도 없었다. 그저 라섹이 찾아오고 조깅 트랙 위에 우두커니 선 순간, 오늘 하루는 또 어디서 누구와 무엇을 할까? 고민하다 보면 어느새 가훈이네 집으로 향하고 있는 자신의 발걸음을 발견했을 뿐이다. 어쩌면 수미에게는 프리즈 시대의 반복되는 하루하루가 가혹할 정도로 길었는지 모른다. 분 단위로 스케줄을 쪼개가며 늘 스스로를 바쁘게 몰아가던 성실한 습관이 모처럼의 투두리스트를 만나 반가웠는지도 모른다.

그간 수미에게는 사소한 부탁 하나 하는 사람도 없었다. 봉사 활동은 도덕적 우월감을 채우기 위한 위선에 불과하다고 무시했었다. 사람은 본디 자기 자신만을 위해 사는 거라고 믿었다. 그랬기에 자신을 필요로 하는 사람에게 무상의 서비스를 제공하는 데에서 오는 상상 이상의 희열에 수미는 놀라지 않을 수 없었다.

설마 빨리 가훈이를 구하러 가고 싶어서 하루 종일 라섹만 기다리고 있을 줄이야.

수미는 자신이 가훈이의 집으로 이끌리는 것은 위글이 때문이 분명하다고 생각했다.

은퇴와 동시에 강아지부터 입양할 거야!

수미는 늘 강아지가 키우고 싶었다. 다만, 분양비, 예방 접종, 사료, 강아지를 키울 수 있을 정도로 넓은 집의 임대료를 떠올리며 꾹꾹 참고 랜선 집사로 머물러 왔던 것이다. 늘 그렇게 가장 원하는 것들을 미래의 자신에게 양보해 왔었다.

"위글이랑 더 놀다 가세요."

"그럴까?"

그렇게 못 이기는 척하며 가훈이네 집에 머무는 시간이 점차 길어져 갔다.

하루 종일 위글이 하고만 놀던 수미는 어느 날 가훈이의 방을 기웃거려 본다. 그 좁은 곳에 그 오랜 시간 갇혀 있던 인간이 마침내 해방됐을 때 무엇을 하며 자유를 만끽하는지가 궁금했다. 군대를 제대하거나, 교도소를 출소한 사람처럼 새롭게 열린 인생에 대한 기대로 고양되어 생산성이 극대화되어 있지 않을까? 가훈이는 방바닥에 드러누워 『슬램덩크』를 정주행하고 있었다.

"너는 사람이 기껏 꺼내줬더니 한다는 짓이 만화책이야?"

가훈이는 수미를 흘끔 보더니 다시 만화책에 집중했다.

"혹시 뭐 필요하세요?"

"너 설마 프리즈가 언제까지고 계속될 거라고 생각하는 건 아니지? 이런 공짜 시간에 취업 준비라도 해두면 얼마나 좋니?"

"그러는 과장님은 뭘 믿고 프리즈가 끝날 거라고 그렇게 확신하는데요? 그냥 이렇게 다 끝난 걸 수도 있잖아요? 이게 이 세상이 종말하는 방식일 수도 있잖아요?"

"꼭 그렇게 되길 바라는 사람같이 얘기한다? 그것보다 대체 언제까지 과장님이라고 할 건데?"

"나쁠 것도 없잖아요?"

수미는 나쁠 게 없다는 게 프리즌지 과장님이라는 호칭인지 잠시 생각하느라 심호흡을 한 번 한다. 그러고 났더니 어쩐지 과장님답게 멋지게 한마디 해줘야 할 것 같은 분위기가 되어버렸다.

"지금은 이렇게 영원히 살 수 있다는 게 축복처럼 여겨질지도 모르지. 하지만 언젠가는 모두들 깨달을 거야. 인간은 스스로의 인생을 축복으로 만들어 나갈 수 있는 세상에 살아야 한다는 걸!"

가훈이가 금방이라도 폭소를 터뜨릴 것 같아 두렵다. 어쩌자고 이런 낯 뜨거운 말을 내뱉었을까? 가훈이가 그제야 『슬램덩크』를 내려놓고 자세를 고쳐 앉는다.

"그럼 과장님이 저 좀 도와주실래요?"

"내가? 내가 뭘? 내가 왜? 넌 나한테 뭐 해줄 건데?"

"제가 해드릴 수 있는 게 몇 가지가 있죠."

가훈이의 방은 책, 만화책, 블루레이, 플레이스테이션, 음악 앨범 등 각종 문화 생활 전반에 대한 콘텐츠로 넘쳐났다. 늘 자기 계발서나 실용 서적만 읽던 수미에게 가훈이의 컬렉션은 쓸데없는 것들을 모아놓은 박물관 같았다. 가훈이는 은행에서 보여준 적 없는 자연스러운 열정과 인내력으로 수미를 안내했다. 그의 깊고도 넓은 덕력은 수미에게 신세계를 열어주었다. 수미는 그간 존재하는 줄도 몰랐던 많은 것들을 알게 된다.

며칠 뒤, 플레이스테이션으로 〈라스트 오브 어스〉 1편의 엔딩을 보면서 눈물을 훔치던 수미는 익숙한 향기를 따라 부엌으로 향했다. 고소한 크림 향에 수미의 입 안에 군침이 고였다. 수미에게 요리란 외식 비용을 아끼고 건강하고 깨끗한 영양소를 섭취하기 위한 수단에 불과했다. 반면에 가훈이는 엄청난 미식가이자 준셰프급 요리사였다. 한 끼에도 1~2시간씩 직접 요리를 해 먹는 걸 즐긴다.

프리즈가 우리의 미각까지 리셋해 주기 때문일까? 매일 먹는 뇨끼였지만, 늘 놀라우리만치 맛있다. 가훈이가 해준 뇨끼를 먹으며 수미는 문득 궁금해졌다.

이런 애가 뭐 하러 은행원을 하려고 했던 걸까?

"왜요? 맛없어요?"

저도 모르게 가훈이의 얼굴을 빤히 보고 있던 수미는 화들짝 놀라서 먹고 있던 뇨끼를 싱크대에 남김없이 버려버린다. 아깝지만 어쩔 수 없었다.

"맨날 먹으니까 좀 질리네. 내일은 마트 좀 들렀다 올게."

가훈이는 위글이를 안고 휑 가버리는 수미를 시무룩하게 바라볼 뿐이다.

다음 날 창문에서 나온 가훈이는 수미가 빈손으로 온 것을 보고 의아해한다.

"마트 들렀다 온다면서요?"

급하게 달려왔는지 수미는 숨을 헐떡이고 있었다.

"이따가. 이따가 다녀올게."

수미가 눈을 질끈 감고 가훈이의 입술을 덮친다. 깜짝 놀란 가훈이가 밀어내 보지만, 수미는 애원하듯 다시 매달려 온다. 가훈이는 의욕만 앞서는 수미를 천천히 달래며 제법 능숙하게 리드하기 시작한다.

그러고 보면 가훈이는 일만 빼면 뭐든지 다 잘하는 것 같다. 하긴 남자가 일을 좀 못하는 것도 귀엽겠다는 생각이 든다. 수미는 문득 의심이 생긴다.

혹시 나는 새로 온 인턴이라며 처음 인사하던 첫 만남부터 가훈이를 좋아하고 있었던 건 아닐까.

목표에 대한 집념과 무자비한 의지로 스스로도 눈치채지 못하게 감정을 억눌러 왔던 건 아닐까. 어쩌면 나는 가훈이 보다 더 좁은 곳에 더 오랜 시간 갇혀 있었던 게 아닐까.

수미는 가훈이의 입술을 더욱 힘껏 빨아당겼다.

능력이 필요 없어진 시대에 인간의 가치는 오직 매력에 있었다. 무능한 인턴 가훈이와 달리 자연인 가훈이는 볼수록 매력적이다. 6년 만의 첫 연애는 상상 이상으로 달콤했다. 그동안 파이어족 하겠다고 이 좋은 것을 6년이나 참아왔던 게 억울했으나,

3년은 더 참아야 했던 행복을 앞당겼다는 밝은 면에 집중하기로 한다. 가훈이의 요리를 음미하고 가훈이의 품에서 사랑을 나누고 위글이의 골반을 쓰다듬으며 살아가던 어느 날, 수미는 자신의 볼을 타고 내리는 눈물을 발견하고 놀란다. 그것은 기쁨과 행복의 눈물 따위가 아니었다. 스스로를 향해 그 오랜 나날을 휘둘러 댔던 무자비한 채찍질을 참고 견딘 자신에 대한 연민의 눈물이었다.

나는 그간 무얼 위해 살았던 걸까?

수미는 이전의 삶으로 다시는 돌아갈 수 없음을 직감한다.

9

디프로스터 백서 「성과」

발견의 단초는 전 세계에서 관측된 라섹 시각에 미세하게 차이가 있다는 사실이었습니다. 예를 들어 인도에서는 한국보다 5초 늦게 라섹이 옵니다. 지구의 끝에서 끝까지 길어야 10초도 안 될 정도로 짧은 차이지만, 여기에는 프리즈에 대해 많은 것을 설명해

주는 중차대한 의미가 있었습니다. 라섹 시각을 기준으로 세계 지도를 작성해 보았더니, 프리즈가 오스트레일리아 남부 우드나다타 지역을 중심으로 동심원을 그리며 순차적으로 찾아오는 것이 명확하게 보였습니다. 이 지역에서 프리즈를 일으키는 어떤 현상이 벌어지고, 이 현상이 약 초속 690킬로미터의 속도로 10초 이내에 전 지구로 퍼진다는 가설은 이론적으로 유효해 보였습니다. 우리는 우드나다타 지역에 탐색 조를 급파했습니다.

그런데 이런 단순한 사실이 왜 이제야 밝혀졌느냐고요? 프리즈 시대에 두 국가의 정확한 라섹을 관측하는 장면을 한번 상상해 봅시다. 양국을 대표하는 석학들이 두 눈을 크게 뜨고 시계를 보고 있다가 라섹이 오자마자, 서로에게 전화를 걸어서 물어보는 겁니다.

한국에서는 4시 37분 13초까지 관측됐습니다. 인도에서는 몇 초까지 보셨나요?

이런 개탄스러울 정도로 원시적인 방법을 반복해서 정확한 관측에 성공했다고 하더라도 관측 결과를 기록할 수 있는 매체가 자신의 기억밖에 없다는 난관이 남아 있습니다. 기억이라는 것은 워낙 주관적인 탓에 공신력이 떨어지는 매체입니다. 실제로 전에도 이런 라섹의 차이에 대한 제보가 여러 번 있었지만, 관심 종자의 어그로 취급을 받으며 묵살됐었다고 합니다.

글로벌 스케일의 연구는 프리즈 시대 이전에도 수년씩 걸리곤 했습니다. 하물며 하루가 지나면 기록된 연구 결과가 모두 하루 전, 무의 상태로 돌아가 버리는 프리즈 시대에는 어떻겠습니까? 우리 디프로스터는 이런 악조건 속에서도 불굴의 정신으로 유의미한 결과를 만들어 나가고 있는 것입니다.

우리의 노력과 성과를 과시하려는 게 아닙니다. 이번 발견은 불가능해 보이는 일들을 실행해 가고 있는 인류의 위대함을 보여 주는 하나의 사례에 불과합니다. 우리는 여전히 미래를 개척할 수 있습니다. 죽음에 대한 공포도, 돈에 대한 욕망도 사라진 세상에서 인간의 행동을 유발하는 것은 오직 자신에게 축적된 경험과 지식에서 피어나는 신념뿐입니다. 디프로스터의 족적이, 용감하게 믿음을 관철해 나가고 계신 많은 분에게 자그마한 영감이라도 될 수 있다면 큰 영광일 것입니다.

10

가훈이는 언젠가부터 창문에서 나오면 곧장 컴퓨터 앞에 앉아 디프로스터의 백서를 정독하기 시작했다. 프리즈와 싸우는 디프로스터의 이야기를 읽으며 희망을 얻는다고 했다. 언젠가는 그들이 프리즈의 원인을 찾았다고 전하며 잔뜩 흥분하기도 했다. 언젠가 내일은 오고야 말 것이라는 수미의 엄포를 웃어넘기던 녀석이 이제는 정말 내일이 올지도 모르겠다며 제법 진지하게 공부에 임하기 시작했다.

수미는 믿지 않았다. 한낱 과학으로 무장한 인간이라는 미물이 이런 전 우주적 스케일의 초자연적 현상을 이해할 수는 없는 것이다. 수미는 가훈이에게 취업에 도움이 될 스펙용 기술들을 전수하고 있지만, 그것은 연애를 위한 일종의 유희에 불과했다. 가훈이가 이런 기술들을 써먹게 될 '내일'은 돌아오지 않을 것이다. 수미는 이게 끝이라고 믿는다. 아니, 끝이어야만 한다.

가훈이는 이중창에서 구출될 때마다 늘 고마움을 표했고, 그럴 때마다 수미는 새삼스러운 인사는 그만두라고 했지만, 막상 인사가 생략되자 기분이 이상했다. 어느덧 수미의 정시 출근이 가훈이에게 당연시되고 있었던 것이다. 하루는 수미가 교통사고를 당하는 바람에 1시간 정도 늦게 도착했다. 아무도 교통신호 따위 지키지 않는 프리즈 시대에 경미한 교통사고 정도는 흔한 일상이지만, 이번엔 차가 전복될 정도로 큰 사고였다. 큰 부상이 없는 것을 확인하자마자 급한 대로 따릉이를 주워 타고 달려온 수미에게 가훈이는 왜 이렇게 늦었냐며 짜증을 냈다. 뒤늦게 수미의 트레이너에 번진 핏자국을 발견한 가훈이는 수미의 표정을 살피더니 고개 숙여 사과했다. 하지만 수미의 마음은 이미 복잡해져 버렸다.

내일부터 수미가 안 와주면 어떡하지?

땡그르르 눈알을 굴리며 눈치를 보는 가훈이의 눈빛에 깃든 지극히 이기적인 공포를 똑똑히 목격해 버렸기 때문이다.

가훈이는 나를 사랑해서가 아니라, 내가 필요하기 때문에 이 관계를 유지하고 있는 게 아닐까?

내일이 오면 가훈이는 더 이상 이중창 사이에 갇혀서 하루를 시작하지 않을 것이고, 더 이상 수미를 필요로 하지 않을지 모른다. 문득 가훈이네 아파트 매매 가격이 궁금해졌다. 검색해 보니 30억 원이 넘는다. 프리즈가 종식되면 다시 자본주의의 논리대로 가훈이는 금수저가, 수미는 흙수저가 될 것이다.

가훈이의 끈질긴 애교와 특별 레시피로 수미의 기분이 일시적으로 풀린다. 수미는 『나무 위의 남작』이라는 책을 읽는다. 한 고집스러운 소년이 나무에서 내려오지 않겠다고 선언하고, 평생 이 나무에서 저 나무를 오가며 사람들을 돕는 영웅으로 성장하는 내용이다. 마지막 장을 덮고 났더니 시간은 어느덧 라섹에 가까워져 있었다. 종종 그랬듯이 라섹 전에 사랑을 나누고자 가훈이의 방문을 열었다. 기척을 느낀 가훈이가 후다닥 ALT + TAB을 누른다.

"뭐야? 지금 야동 보는 거야?"

야릇한 장난기가 발동해 반항하는 가훈이를 힘으로 밀어내고 그가 감춰둔 윈도를 열어본 순간 수미의 머리가 띵해진다. 그것은 야동 따위가 아니었다. 유튜브에 올라온 맨손 클라이밍 튜토리얼 영상이었다.

"너 고소공포증이라며?"

"극복해 봐야지."

"극복을 왜 이제야 하는데?"

"언제까지 너한테만 의존할 수 없잖아?"

"왜? 프리즈 끝나고도 내가 발목 잡을까 봐 겁나?"

"그럼 넌 내가 떠날까 봐 겁나서 나를 창문에 가두겠다는 거야?"

어쩌다 대화가 그렇게 흘렀을까? 수미와 가훈은 프리즈에 관한 토론을 시작한다. 그들의 의견은 이 세계가 나아갈 방향에 아무런 영향을 끼치지 못한다. 그렇기에 이런 토론은 하등 쓸모가 없다. 둘은 그 사실을 잘 알면서도 진지하고 치열하게 토론을 이어간다. 수미는 내일이 와야 한다고 주장하는 가훈이가 자신의 고통을 그들의 관계보다 우선시하는 것 같아 섭섭하다. 가훈이는 내일이 와서는 안 된다는 수미가 자신을 이중창에 가두어야만 관계가 유지될 거라고 생각하는 것 같아 무섭다.

둘의 대화는 새벽 4시 37분이 되도록 합의점을 찾지 못한다. 15초 뒤면 작별의 시간이다. 진심을 전하지 못한 답답한 마음과 어쩐지 다시는 그를 볼 수 없을 것 같은 두려운 예감에 가훈이의 손을 덥석 잡는 순간, 수미는 딱딱한 조깅 트랙 위에 홀로 떨어진다. 수미는 곧장 가훈이네 집으로 다시 달려갔다. 이중창은 바깥 창문이 열린 채로 텅 비어 있었다. 위글이는 끔찍한 사건을 알리려는 듯 끊임없이 울어댔다. 창밖을 내다본 수미는 1층 화단에 쓰러져 있는 가훈이의 시체를 발견한다. 가훈이가 없는 가훈이 집에 있을 자신이 없어진 수미는 위글이를 데리고 오랜만에 자신의 집으로 돌아온다. 그새 가훈이의 집에 익숙해졌는지 수미는 자신의 집이 낯설게 느껴졌다. 그 어떤 심미적인 가치도 없이 기능과 경제성에 치중한 미니멀리즘의 극치. 수미의 집은 사람으로 치자면 피도 살도 영혼도 없는 해골에 불과했다. 방바닥에 내려놓은 위글이가 나더러 지금 여기서 살라는 거냐고 원망하듯 수미를 쳐다봤다.

수미는 디프로스터의 백서를 읽기 시작한다.

디프로스터가 내일 '냉장고'를 끄겠다고 선언하고 있었다.

11

디프로스터 백서 「냉장고」

누가 언제 어떻게 가져다 놓은 것인지 알 수 없는 이 수상한 물체를 처음 포착한 것은 무인 탐사 드론이었습니다. 그것은 호주 남부 우드나다타 지역의 사막 한가운데에 서 있습니다. 푸른빛이 감도는 흑색 금속 재질의 표면, 높이 3.4미터 세로 0.8미터 가로 1.4미터의 기다란 직육면체의 물체에 우리는 냉장고라는 이름을 붙였습니다. 프리즈를 일으키는 것으로 추정되는 냉장고를 직접 보기 위해 디프로스터 임원들은 제각각 제트기에 몸을 실었습니다. 한적했던 사막은 수십 대의 제트기로 국제공항을 연상케 할 정도로 북적였고 모래바람이 반경 수십 킬로미터를 뿌옇게 물들였습니다.

냉장고는 드론 카메라로 봤을 때보다 훨씬 작아 보였습니다. 데시벨이 높지는 않았지만, 냉장고는 신비로운 소리를 내고 있었습니다. 아니 그것은 소리라기보다는 일종의 진동이었는데, 은은한 진동이 고막이 아닌 신체의 다른 부위를 울리는 바람에 우리의 몸속에서 소리가 들려오는 것 같았습니다. 이 때문인지 몇몇 남성 연구원들이 어지럼증과 구토감을 호소했습니다. 냉장고 주위의 모래는 이 가느다란 진동을 따라 미스터리 서클 같은 독특한 파문을 그리고 있었고, 이 파장은 시시각각 미세하게 변하고 있었습니다.

디프로스터는 신중해야 했습니다. 냉장고의 정체도 원리도 모르지만, 태양계의 시간 원리를 바꾸어 놓을 정도로 강력한 에너지를 가진 물체를 성급하게 건드렸다간 인류의 운명을 장담할 수 없었으니까요. 라섹이 가까워져 오자 냉장고의 진동이 강해지기 시작했습니다. 장수풍뎅이 수만 마리가 배 속에서 날아다니는 것 같은 불쾌한 기분과 함께 미세하게 진동하던 모래 입자들이 살며시 지면에서 떠올랐습니다. 연구원들은 자신의 체중이 가벼워지는 것 같은 진공의 감각을 느꼈고, 바로 다음 순간, 세상이 하루 전으로 돌아가 있었노라고 술회했습니다.

디프로스터의 대표 연구진은 매일 냉장고로 출근 도장을 찍었습니다. 모두가 모이기 전까지 냉장고에 대한 그 어떤 단독 행동도 엄격하게 금지됐습니다. 연구진이 모두 도착하는 데에는 10시간 이상이 소요됐기에 냉장고를 연구할 수 있는 실질적인 시간은 하루에 14시간 미만이었습니다. 인류가 일궈온 모든 과학 기술이 적용된 수백 가지 테스트가 최고 수준의 조심성을 바탕으로 진행되었습니다. 대부분의 사람이 스마트폰을 만들지는 못하지만 사용할 줄은 아는 것과 비슷한 이치랄까요. 냉장고는 인간이 강아지나 고양이의 지능을 감안해서 펫용품을 디자인하듯이 인류가 사용법을 직관적으로 이해할 수 있게 만들어진 어떤 고차원적 존재의 배려가 느껴지는 이상한 장치였습니다. 냉장고가 어떻게 프리즈 현상을 유발하는지는 아직 미스터리입니다. 하지만 냉장고의 작동을 멈추는 방법만큼은 확실하게 알 수 있었습니다.

그리하여 디프로스터는 오늘 기쁜 마음으로 통첩합니다.

우리는 내일 냉장고를 끄고, 잃어버린 '내일'을 되찾을 겁니다.

프리즈 시대의 패러다임에서 벗어나 위험하고 무모한 짓을 모두 중지하십시오.

내일 마지막 라스트 세컨드를 기다리며, 안전하고 정상적인 삶을 되찾길 바랍니다.

백서를 읽지 않는 이웃에게도 소식을 전해주세요.

오늘은 이제 더 이상 돌아오지 않는다고요.

12

29층짜리 아파트의 26층에 사는 가훈이는 1층으로 내려가는 것보다 옥상으로 올라가는 게 빠를 거라고 생각했다. 고소공포증이 있지만, 아래만 내려다보지 않으면 된다. 바깥 창문을 과감히 열고 안전장치 하나 없이 배관에 매달린다. 하지만 통 운동이라곤 하지 않던 가훈이는 팔 힘만으로 자신의 체중을 들어올리는 것이 불가능하다는 것을 금세 깨닫는다. 결국, 어딘가에 발을 딛고 허벅지 힘으로 체중을 들어 올려야 한다. 발 디딜 곳을 찾느라 살짝, 아주 살짝 아래를 내려다본 순간, 고소공포증이 도졌는지 손발에 피가 다 빠져나간다.

추락이다.

단 몇 초에 불과한 자유 낙하의 시간 동안 가훈이의 심장은 미친 듯이 뛰다가 멈춰 서고 만다. 낙사하기 전에 심장 마비가 먼저 온 것이다. 지면에 몸이 닿는 순간, 고통을 채 느끼기도 전에 그는 다시 이중창 사이에 있었다.

뭐야, 별거 아니잖아?

죽음이라는 것이 아무것도 아니라는 것을 깨닫는다. 의식이 사라지는 것이 죽음이었다. 이미 의식이 없는 상태에서 찾아오는 죽음을 인식하는 것은 논리적으로 불가능했다. 조금 단순화시켜보면 인간에게 죽음이란 없는 것이나 마찬가지다. 이런 깨달음이 가훈이를 용감하게 만들었다. 1차 시도에서 자신의 근력이 얼마나 형편없는지를 깨달은 가훈이는 조금 멀더라도 1층까지 내려가는 길을 택한다.

당차게 창문을 열어젖힌 가훈이는 죽음에 대한 공포와 고소공포증은 별개라는 것을 깨닫는다. 죽음은 더 이상 두렵지 않았지만 높이는 여전히 두려웠다. 전신의 피가 일거에 빠져나가는 듯한 극심한 어지럼증에 휘청이다가 하마터면 난간 밖으로 떨어질 뻔한다. 그냥 포기하고 싶은 안일한 마음이 고개를 든다. 지옥 같기만 했던 좁은 이중창의 공간이 아늑하게 느껴질 정도다.

언젠가 수미가 마음이 풀려서 다시 구하러 와주지 않을까?

아니, 어쩌면 어제도 왔었고, 오늘도 조금만 기다리면 곧 도착할지도 몰라!

수미는 그 어느 때보다 난폭하게 운전했다. 냉장고가 꺼진다는 소식을 가훈이에게 전해야 한다. 오직 그 일념으로 라섹과 동시에 가훈이네 집으로 달렸다. 냉장고가 꺼지고 프리즈가 끝났다는 것을 모른 채로 하강을 시도하다가 떨어져 죽어버린다면, 가훈이는 진짜로 죽게 되는 것이다.

수미가 1층에 도착했을 때, 가훈이는 난간을 꼭 붙잡고 매달려 있었다. 망설이던 가훈이는 1층에서 올려다보는 수미와 눈이 마주치더니 오기가 생겼는지 성큼 난간을 넘어왔다.

"안 돼! 그러지 마! 지금 올라가서 구해줄게! 거기 가만히 있어!"

26층은 생각보다 멀었다. 가훈이는 수미의 말을 들었는지 못 들었는지 발 디딜 곳을 찾아 조금씩 내려오고 있었다.

"올라가 이 멍청아! 냉장고 꺼졌다고!"

수미는 목청껏 소리를 질렀다. 하지만 이번에도 수미의 대사는 가훈이에게 전해지지 않는다. 하늘을 붉게 물들이는 강렬한 섬광에 이어 세상을 뒤덮은 어마어마한 폭발음에 묻혀버렸기 때문이다. 폭음에 놀란 가훈이가 추락하고 수미는 비명을 지른다.

그렇게 전쟁이 시작됐다.

13

디프로스터 백서 「승리를 위하여」

냉장고를 끄겠다는 통첩이 제3차 세계대전의 신호탄이 되고 말았습니다. 디프로스터 나름대로는 프리즈의 종식으로 오게 될 혼란과 손실을 최소화하기 위해 취한 조치였습니다만, 다소 나이브한 발상이었던 것 같습니다. 어쩌면 비밀리에 냉장고를 꺼버린 뒤에 이를 일방적으로 통보하는 방식이 최선이었는지도 모르겠습니다.

냉장고를 끄는 일이 쉽지만은 않으리라 예상했습니다. 프리즈의 존속을 지지하는 쪽이 전체 인구의 70퍼센트 이상이라는 것은 주지의 사실이었으니까요. 냉장고를 설치한 자들의 의도가 무엇인지 파악하지 못한 상태에서 함부로 냉장고의 전원 끄는 것은 위험하다, 모든 것이 분명해지기 전까지 냉장고를 꺼서는 안 된다고 주장하는 디프로스터 내부의 파벌에 대해서도 우리는 분명히 인지하고 있었습니다. 다만, 그들이 단 하루 만에 '프리저'라는 대규모의 저항군을 규합하리라고는 상상도 못 했습니다.

프리저에 비해 디프로스터가 수적으로 밀리는 것은 사실입니다. 그렇다고 좌절하거나 두려워할 필요는 없습니다. 애초에 세상이 망해서 다행이라는 사람들의 사고 구조를 생각해 보십시오. 물론 그들 중 일부는 불치병에 걸린 환자이거나 하루하루를 불안하게 살아가던 소외 계층이었을 수도 있겠죠. 모든 사람이 자기 인생을 스스로의 힘으로 개척해 나갈 수 있는 조건에서 삶을 시작하는 것은 아니니까요. 하지만 솔직히 우리는 알고 있지 않습니까? 그들 중 대부분이 그저 한심할 정도로 게으르고 나약한 영혼을 가진 패배자에 불과하다는 것을요. 대체 자신의 미래에 얼마나 확신이 없길래 오늘에 주저앉고 싶은 걸까요?

잘 조직되고 훈련된 우리 디프로스터의 군대에 비해 프리저의 군대는 오합지졸에 불과합니다. 전면전을 펼친다면 디프로스터군의 압승은 불을 보듯 뻔한 결과지요. 얼핏 생각해 보면 이 전쟁은 디프로스터에게 더 가혹한 룰이 적용되는 듯합니다. 우리가 승리하기 위해서는 우리 중 누군가가 직접 가서 냉장고를 해체하는 방법 하나뿐입니다. 프리저는 냉장고의 해체를 막기만 하면 되기 때문에 선택할 수 있는 경로가 우리에 비해 훨씬 다양하지요. 하지만 다시 한번 생각해 보면 이 전쟁은 디프로스터에게 압도적으로 유리함을 알 수 있습니다. 우리가 냉장고를 꺼야 하는 횟수는 단 한 번입니다. 프리저가 우리를 막아야 하는 시간은 무한에 가까운 반면, 우리는 단 한 번만 프리저를 이기면 됩니다. 아이러니하게도 프리즈가 제공하는 무한한 시간이 프리즈를 끝내려는 디프로스터의 가장 큰 우군이자 무기인 셈입니다.

프리저는 야비한 교란 작전을 펼치고 있습니다. 대표적으로는 건강 검진을 들 수 있습니다. 그들은 대중들에게 허위로 시한부 판정을 내리고 있습니다. 실제로 많은 사람이 검사 결과에 현혹되어 디프로스터에서 프리저로 돌아서고 있습니다. 프리저의 건강 검진 결과를 믿지 마십시오. 아니, 그들이 하는 어떠한 말도 믿지 마십시오! 이건 신념의 전쟁입니다. 전쟁에 참여하지 않는 디프로스터 여러분께서는 신념을 전파해 주십시오. 더 많은 사람이 내일의 가치를 믿을 수 있게 도와주십시오.

아시는 분들은 아시겠지만, 디프로스터는 벌써 몇 차례 승리를 목전에 둔 적이 있습니다. 디프로스터의 특수 부대가 벌써 두 번이나 기습적으로 냉장고에 도착한 적이 있습니다. 그들은 알 수 없는 이유로 냉장고의 해체에 실패했습니다. 이를 두고 프리저에서는 인간 정신의 한계를 규정지으려 합니다. 인류 대다수가 염원하는 냉장고의 존속을 정면으로 거스르는 행동을 실행할 수 있는 의지력을 인간 하나의 객체에게 기대하는 것 자체가 무리라는 겁니다. 마치 오른손으로 오른 팔꿈치를 잡을 수 없듯이 한 명의 인간이 프리즈 종식이라는 책임을 지는 것은 자기 존재를 부정하는 한계 밖의 행동이라고 주장하는 것입니다.

　이렇듯 프리저는 우리 안의 영웅을 부정하는 패배주의적 사고 방식에 사로잡힌 저급한 집단에 불과합니다. 디프로스터는 프리저의 이런 근거 없는 황당한 주장에 일일이 답변하지 않겠습니다. 하지만 만약을 대비해 냉장고에 투입되는 요원들에게 복면과 음성 변조기를 제공하기로 했습니다. 냉장고를 해체한 뒤 겪게 될지 모를 후폭풍으로부터 용감한 프리즈 종결자의 신변을 반드시 보호해 드리겠습니다.

14

　대한민국의 디프로스터와 프리저는 라섹과 동시에 군부대에서 중화기를 탈취했고, 라섹 10분 뒤부터는 온 거리에 총탄과 폭탄이 난무했다. 수미가 위험천만한 도로를 주파해서 가훈이네 아파트에 도착할 즈음이면 그날의 풍향과 풍속에 따라 화단, 놀이터, 쓰레기장 등 다양한 곳에 다양한 형체로 가훈이가 죽어 있었다. 가훈이는 이 전쟁의 의미조차 모른 채, 한심한 도전을 감행하고 있는 것이다. 당장 오늘이라도 디프로스터가 전쟁에 승리해서 냉장고가 꺼져버린다면 가훈이는 영영 돌아오지 못한다. 그의 무모한 하강 시도를 중단시키기 위해서 수미는 가훈이가 추락하기 전에 가훈이네 아파트에 도착해야만 했다. 수미는 스포츠카부터 덤프트럭까지 각종 차량 및 오토바이는 물론 보트와 헬리콥터까지 동원해서 어떻게든 도착 시각을 앞당겨 보려 했지만, 좀처럼 발전은 없었다. 수미의 실력이 향상되는 만큼 전쟁의 양상과 함께 수미의 여로 역시 더욱 험난해졌기 때문이다.

수미는 전략을 바꾼다. 가훈이를 내 손으로 구하는 것이 불가능하다면 가훈이가 스스로를 구할 수 있도록 시간을 벌어주자고 마음먹은 것이다. 가훈이가 아무리 고소공포증이 심해도, 아무리 근력이 없어도, 저렇게 매일 목숨을 건 시도를 하는데 언젠가는 하강에 성공하지 않을까? 그때까지만, 딱 그때까지만 냉장고가 꺼지지 않으면 된다. 수미는 매일 가훈이의 시체를 확인하고 남는 시간 동안 전쟁에 참여해 프리저의 편에서 싸웠다. 수미는 전투 병력을 운송하는 운전병으로 투입되었다. 가훈이를 살리기 위해 온갖 탈것을 동원하는 과정에서 그녀는 부지불식간에 이미 최고의 운전병이 되어 있었다. 프리즈 시대에 처음으로 운전대를 잡은 그녀의 무면허 주행법은 그 어떤 교통 법

규에도 의존하지 않는 '전투 운전' 그 자체였다. 아무리 비싼 차도 도착과 동시에 폐차로 만들고야 마는 무소유의 정신, 이륜차든 경차든 보행자든 작고 가벼운 방해물은 가급적 피하지 않고 밀어붙여 최단 거리의 경로를 고수하는 불도저 정신, 내가 가는 곳은 어디든 길이 될 수 있다는 창조적 프런티어 정신은 기존의 면허를 소지한 운전자들이 차마 넘어설 수 없는 드라이빙의 새로운 지평이었다.

능력을 인정받은 수미는 점점 더 중요한 작전에 투입되었고, 실어다 나른 전투 병력이 적진에 침투하는 동안 그들을 엄호하는 저격수로 활동 영역을 넓혀나갔다.

꾸준한 조깅으로 다져진 신체 밸런스에서 발휘되는 예리한 집중력, 6년의 금욕 생활로 길러진 인내력, 냉장고를 지키겠다는 남다른 의지력을 바탕으로 수 개월 동안 수십 번을 전사하는 실전 경험을 쌓으며 수미는 슈퍼 솔저로 성장한다.

프리저 군단 최대의 전력이자, 전쟁 영웅이 된 수미는 오늘도 하루의 시작과 함께 가훈이네 집으로 향한다. 수미는 그곳에서 가훈이도, 가훈이의 시체도 찾지 못한다. 드디어 가훈이가 성공한 것이다. 가훈이는 지금쯤 어딘가에서 백서를 읽고 냉장고가 언제든 꺼질 수 있다는 사실을 알게 되었을 것이다. 그간 자신의 시도가 얼마나 무모했는지를 깨달았을 테니 내일은 이중창에서 얌전히 수미의 구조를 기다리고 있을 것이다. 드디어 가훈이와 재회할 수 있다.

수미가 프리저의 편에서 혁혁한 공을 세우지 않았더라면 냉장고는 벌써 꺼지고 말았을까? 그건 아무도 알 수 없다. 중요한건 수미가 원하는 것을 위해 싸워 이겼고, 원하는 것을 쟁취했다는 것이다. 전우들은 냉장고의 존속이라는 하나 목적을 위해 싸웠지만, 그 목적을 향한 동기는 저마다 달랐다. 내일도 많은 사람들이 저마다의 전쟁을 계속할 테지만, 수미의 전쟁은 이로써 끝이 났다. 자신을 구하기 위해 수미가 수행한 어마어마한 작전들을 들려주면 가훈이는 어떤 표정을 지을까? 수미는 전쟁이 아닌, 사랑이 기다리는 내일을 꿈꾸며 부푼 가슴으로 라섹을 맞이한다.

하지만 수미는 다음 날에도 가훈이를 만날 수 없었다. 비어있는 창문을 확인하고 집으로 올라왔는데 도어락의 비밀번호가 바뀌어 있었다. 이중창에서 기다리는 대신 오늘도 위험천만한 등반을 성공적으로 마치고 도어락 비밀번호를 바꾸는 고집스러운 가훈이의 표정이 떠오르자 수미는 어처구니가 다 없었다. 반복해서 울리는 초인종에 위글이가 짖어대는 것이 성가셨는지 마침내 가훈이의 건조한 목소리가 인터폰으로 흘러나왔다.

"이제 여긴 그만 와줄래?"

"멍청아, 냉장고 꺼지면 어쩌려고 거길 또 내려와? 백서 안 봤어?"

"잘 봤어, 백서. 니가 그동안 무슨 짓을 하고 다녔는지."

어느새 프리저 군단의 영웅이 된 수미에 대해서 디프로스터 백서가 얼마나 악의적인 논평을 했을지 안 봐도 알 것 같았다.

"그렇게까지 해서 날 가둬두고 싶었어?"

"그게 아니라… 난 널 구하려고…"

"그러니까 이제 필요 없다고! 나는 내가 직접 구해. 이제 누구의 도움도 필요 없어!"

"…윽!"

인터폰 화면 속 수미의 표정이 점차 고통으로 일그러졌지만, 이를 바라보는 가훈이의 눈에는 작은 흔들림조차 없었다. 어느 시대에나 있는 흔한 남녀의 이별일 뿐이다. 유난스럽게 인상 쓰고, 끔찍하게 신음하다가 '쿵!' 하고 쓰러지며 소란을 떨 일은 아니다. 현관문을 열고 나와보니 수미가 배에서 피를 철철 흘리며 쓰러져 있다.

"미안. 내가 이런 실수나 하는 아마추어가 아닌데. 오늘 너 만난다고 좀 들떴나 봐."

수미의 옆구리에는 주먹 한 개만 한 홈이 파여 있다.

"그래도 이렇게 얼굴 보니까. 달려온 보람이 있다."

핏기 없는 얼굴로 애써 웃어 보이던 수미는 안도의 한숨을 쉬
듯 마지막 숨을 내쉰다.

가훈이는 그녀를 들쳐 안고 집 안으로 들어간다. 위글이가 일
어나라는 듯 낑낑대며 수미의 얼굴을 핥는다. 어쩌면 개들의 기
억이 리셋된다는 디프로스터의 연구 결과는 잘못된 건지도 모
른다. 가훈이는 수미에게 한마디 인사를 남기고 세상으로 걸어
나간다.

"내일 봐."

15

디프로스터 백서 「청원」

어제는 그야말로 역사적인 날이었습니다. 프리저의 저지선을
뚫고 냉장고 앞에 도착한 우리 측 요원 하나가 SNS로 라이브 방

송을 시작했습니다. 냉장고가 꺼지는 역사적 순간이 생중계된다는 소식에 전 세계가 집중했죠. 방송의 해상도가 떨어지고, 프레임 드롭도 심했지만, 그조차도 이 장면에 무게를 더하는 것만 같았습니다. 요원은 소총과 미리 심어둔 부비 트랩을 활용하여 사방에서 몰려오는 프리저 잔병들을 끊임없이 처리하며 냉장고를 해체하고 전원 장치를 노출시켰습니다. 그렇게 이 지긋지긋한 프리즈를 종결시켜 줄 버튼을 우리 모두가 육안으로 확인하게 되었습니다.

프리즈를 종료하겠습니다.

사막 한복판에서 복면으로 얼굴을 가리고 음성 변조기를 쓴 요원이 그렇게 선언한 순간, 다프트펑크 뮤직비디오 같다는 의견이 실시간 채팅창을 도배했습니다. 종전 선언과 함께 버튼을 누르려던 요원의 손이 허공에서 멈췄습니다. 잠시 생각에 잠긴 듯하던 요원의 손은 힘을 잃고 툭 떨궈졌습니다. 뒤이어 바람을 가르는 총성이 울렸습니다. 프리저 저격수의 총알이 요원의 어깨를 관통했던 것입니다. 요원은 다른 손으로 재빨리 버튼을 누르려고 했습니다. 이때 어디선가 총성이 한 번 더 울렸고 요원의 몸은 경직됐습니다.

아, 이번에도 틀렸구나.

전 세계의 모든 디프로스터가 안타까운 탄성을 자아냈으나, 예상과 달리 요원은 무사했습니다. 더 이상의 총격도 없었습니다. 두 번째 총성은 요원의 파트너가 프리저 저격수를 제거하는 소리였을 거라고 추측되는 상황이었습니다. 총상을 부여잡고 다시금 버튼 앞에 선 요원은 알 수 없는 미소를 지었습니다. 그것은 복면 위로도 여실히 드러나는 깊은 미소였습니다. 그가 버튼을 뒤로하고 카메라를 정면으로 응시했습니다.

오늘은 너무 많은 사람이 죽었습니다. 지금 냉장고를 꺼버리면 그들은 살아 돌아오지 못하고, 기껏 되찾은 내일은 슬픔과 원망, 복수만으로 가득 차겠지요.

냉장고를 끄는 것은 내일로 미루겠습니다.

그러니 내일 하루는 모두 전쟁을 멈춰주세요. 최소한의 희생으로 프리즈를 종식할 기회를 주세요.

하지만 저의 청원에도 불구하고 내일도 전쟁이 지속된다면, 설령 오늘보다 더 많은 사람이 죽은 뒤라 하더라도 가차 없이 냉장고를 꺼버릴 겁니다.

선언문 같은 어휘와는 다르게 그의 목소리는 웅변대회에 출전한 수줍은 아이처럼 떨리고 있었습니다. 요원은 권총을 뽑아 자신의 턱을 겨눴습니다. 잠시 망설이던 그는 다시금 카메라를 정면으로 응시하고 조금 더 자연스러운 말투로 이야기를 이어 나갔습니다.

저는 오랜 시간 운명을 저주하며 허송세월했습니다.

주어진 운명에서 탈출하겠다고 결심한 뒤로는 무수한 죽음을 감내해야 했습니다.

처음 제 운명에서 탈출에 성공한 날, 저는 한참이나 울고 말았습니다.

그건 싸구려 성취감에 감동해서 흘린 눈물이 아니었습니다.

이게 뭐라고 그 오랜 세월 시도조차 하지 않았던 걸까?

더 일찍 죽음을 감수하고 탈출하지 않았던 저 자신이 원망스러워 흘린 후회의 눈물이었습니다.

많은 분들이 프리즈를 축복으로 여긴다는 사실을 압니다.

하지만 인간은 역시 스스로의 인생을 축복으로 만들어 나갈 수 있는 세상에 사는 게 더 좋다고 생각합니다.

말을 마친 요원은 권총을 격발했습니다. 프리저들이 요원의 시체를 수습하기 위해 바쁘게 움직였습니다. 요원의 정체를 알아내다음 날, 라섹과 동시에 제거하기 위함이었죠. 하지만 그들은 요원에 대해 아무것도 알아낼 수 없었습니다. 방송 직후에 요원의 사체는 누군가에 의해 불태워진 상태였기 때문입니다. 요원은 역시 2인조였던 걸까요? 사람들은 요원의 선택에 대해서 갑론을박을 벌였습니다. 공리에 부합하는 합리적인 처사였다는 칭찬도, 우유부단하게 승리의 기회를 날려버렸다는 비난도, 그가 하루를 유예한 것은 순전히 자기 어깨에 총알 자국을 남기기 싫어서였다는 비아냥도 있었습니다.

과연 사람들이 그의 경고에 따라 전쟁을 멈출까요?

그는 오늘도 냉장고 앞에 무사히 당도할 수 있을까요?

여전히 대다수의 사람들이 프리즈의 유지를 바라는 상황에서 그는 냉장고를 끌 수 있을까요?

우리는 이 중 무엇도 확신할 수 없습니다. 그래도 한번 그의 말을 믿어보는 게 어떨까요?

오늘 하루만 모든 작전을 중지하고 각자의 자리에서 정말 내일이 오는지 어떤지 기다려 보자는 겁니다.

우리에겐 시간이 있으니까요.

유어 라이프

정현욱

본 작품은 SBA 서울애니메이션센터의 제작 지원을 받아 기획되었습니다.

1

　재택근무 날이었다. 예연은 오전 내내 방에 틀어박혀 정부의 '청년 지방 이주 정책'에 대한 온라인 반응을 기사로 작성했다. 파격적인 혜택에도 불구하고 여론은 부정적이었다. 예연도 비슷한 생각이긴 했지만 욕설과 다름없는 글들을 몇 시간씩 보니 심한 피로감이 몰려 왔다.

　점심엔 함께 밥을 먹던 남자 친구 동찬이 임신 이야기를 다시 꺼냈다. 이번엔 피임약을 오래 복용했더니 두통이 잦아져 잠시 끊어야겠다고 운을 띄웠다. 다음에 무슨 말이 이어질지는 뻔했다. 예연은 당분간 자신이 피임약을 먹겠다며 동찬의 말을 잘랐다. 식사하는 동안 두 사람이 나눈 마지막 대화였다. 예연은 동찬이 갑자기 왜 그렇게 아이를 갖고 싶어 하는지 이해가 되지 않았다. 식사를 마치고 결국 소화제를 먹어야 했다.

이런 와중에 편집장에게 전화가 왔다. 편집장은 급하게 시킬 일이 있을 때만 전화를 한다. 몸과 마음이 무거워 남은 하루를 편하게 쉬고 싶었던 예연은 자기도 모르게 미간을 찌푸리며 전화를 받았다. 역시나 현장 취재 지시였다. 편집장은 예연의 퉁명스러운 대답에는 아랑곳하지도 않고 무슨 기사 때문인지 안 물어보냐며 낄낄댔다.

"〈유어 라이프Your LIFE〉야."

편집장 입에서 나온 〈유어 라이프〉라는 말에 뾰족하던 눈이 동그랗게 변했다. 예연은 흥분을 감추지 못하고 격양된 목소리로 정말 〈유어 라이프〉가 맞느냐고 몇 번을 되물었다. 편집장은 예연이 게임 마니아 아니냐며 신입 때도 〈유어 라이프〉를 취재 아이템으로 냈던 걸 기억한다고 한껏 생색을 냈다. 평소 같았다면 편집장의 자화자찬에 질색했을 예연이지만 지금은 아무래도 괜찮았다. 아니, 솔직히 정말 고마웠다.

통화를 끝내자마자 예연은 좁은 방 안을 분주히 오가며 나갈 준비를 했다. 순식간에 채비를 마쳤지만 눈에 가방이 보이지 않았다. 예연은 고개를 빠르게 돌리며 집 안 곳곳에 시선을 던졌다. 가방은 게임기 진열장 위에 얌전히 놓여 있었다. 작고 어지러운 방에 어울리지 않는, 10여 종이 넘는 오래된 게임기들이 고이 모셔진 유리 진열장이었다. 예연은 패미컴과 플레이스테이션1 위에 있던 가방을 챙겼다. 그때 예연의 눈에 진열장 안에 있던 〈유어 라이프〉 메달이 들어왔다. 예연의 친할아버지가 〈유어 라이프〉 베타 테스터로 활동하고 받은 굿즈였다. 진열장을 열어 투명 케이스에 담긴 메달을 주머니에 넣었다. 그러고는 신발도 제대로 신지 않은 채 현관문을 나섰다.

차에 오른 예연은 거친 숨을 고르며 또박또박 "서, 울, 역"이라고 발음했다. 다행히 한 번에 목적지가 인식됐다. 요즘 부쩍 차량 OS가 예연의 말을 알아듣지 못했다. 차가 천천히 속도를 내기 시작하자 시트를 뒤로 젖힌 뒤 패드를 꺼냈다. 그리고 포털에 접속해 '아타락시아7'을 검색했다. 발견됐다는 기사는 없었다. 지인을 통해 은밀히 알게 된 정보라는 편집장의 말이 사실이었나 보다.

차에 탄 지 꽤 시간이 흘렀지만 예연의 호흡은 여전히 안정을 찾지 못했다.

〈유어 라이프〉라니.

〈유어 라이프〉는 2045년에 출시된 전설의 게임이었다. 하지만 지금 예연이 살고 있는 2080년대에는 플레이해 본 사람이 없었다. 게임 마니아들은 게임의 황금기였던 20세기 후반에서 21세기 초반의 명작 게임들을 어떻게든 찾아냈다. 예연도 마찬가지였다. 하지만 〈유어 라이프〉는 아무도 찾지 못했다. 〈유어 라이프〉는 노인을 타깃으로 했기에 게임기가 아닌 안마 의자였던 아타락시아7에서만 플레이 할 수 있는 독점 출시작이었다. 다시 말해 〈유어 라이프〉를 해보기 위해서는 아타락시아7이 필요했다. 그러나 어찌 된 영문인지 지금은 그 어디에서도 아타락시아7을 찾아볼 수 없었다. 그런데 바로 어제, 빈 건물로 방치되어 있던 대구 외곽의 한 빌딩 보수 공사 현장에서 이 안마 의자가 나타난 것이다. 아타락시아7을 찾았다는 것은 곧 〈유어 라이프〉도 발견되었다는 의미였다. 아타락시아7이 복원된다면 〈유어 라이프〉를 직접 플레이해 볼 기회가 생길지도 모를 일이었다.

예연은 주머니에 있던 〈유어 라이프〉 메달을 꺼냈다. 샴페인 골드 색으로 도금된 메달에는 다양한 인물들이 늘어선 모습을 형상화한 로고 이미지와 베타 테스트 날짜가 양각으로 새겨져 있었다. 50여 년 전 물건이지만 보관이 잘되어 새것같이 반짝였다. 예연은 영상 앨범에서 봤던 할아버지의 생전 모습을 떠올렸다. 영상 속 할아버지는 언제나 게임을 하고 있었다. 예연이 게임에 관심을 갖게 된 것도 할아버지의 유품 상자에 있던 '게임보이'를 발견하면서였다. 예연은 전원도 들어오지 않는 게임보이를 이리저리 만지며 놀았다. 지금 예연의 집에 진열된 고전 게임기 중 절반은 할아버지의 물건이었다. 그래서인지 예연은 한 번도 만난 적 없는 할아버지에게 강한 유대감을 느꼈다. 어린 시절을 할아버지와 보냈다면 어땠을까 상상한 적도 많았다.

자신의 손으로 직접 〈유어 라이프〉의 실체를 공개할 수 있다는 사실에 예연은 들뜰 수밖에 없었다. 사라진 게임의 실체를, 그 게임 베타테스터의 손녀가 밝혀낸다니 생각만 해도 근사한 일이었다. 예연이 활동하는 게임 커뮤니티 회원들에게 이 이야기를 해주면 역시 근본이 다르다며 호들갑을 떨 게 분명했다.

〈유어 라이프〉는 어떤 게임일까. 누군가는 〈유어 라이프〉의 명성이 요절한 록스타를 신화화하는 것과 비슷하다며 평가절하했고, 누군가는 실체가 공개되기만 한다면 명성이 더욱 높아질 것이라고 주장했다. 예연은 후자이기를 바랐다.

어느새 서울역에 도착한 예연은 '한국 디지털 역사관'이 있는 대전으로 가기 위해 얼마 전 개통한 하이퍼루프 표를 끊었다. 알려진 것이 거의 없는 〈유어 라이프〉에 대한 사전 조사를 위해서였다. 하이퍼루프를 타면 대전역까지 10분밖에 걸리지 않으니, 대전역에서 한국 디지털 역사관까지의 이동 시간을 감안해도 이제 30분이면 〈유어 라이프〉의 실체에 다가설 수 있었다.

한국 디지털 역사관은 노출 콘크리트 공법으로 만들어진 3층짜리 잿빛 건물이었다. 긴 세월을 끌어안고 잔뜩 오염된 건물의 외벽이 축축한 날씨 때문인지 음습하게 느껴졌다. 개관 30주년 기념 세미나를 알리는 전광판 영상만이 무채색의 공간에 생기를 불어넣고자 애쓰고 있었다. 택시에서 내린 예연은 빠른 걸음으로 건물에 다가갔다.

이곳은 2060년대까지 사용한 인터넷 어드레스 방식, IPvP8까지의 인터넷 데이터가 모두 아카이빙 되어 있는 곳이었다. 도박, 성인, 불법 공유 사이트 등의 자료까지 선별 없이 모두 보관되어 있었다. 그러다 보니 이용 절차가 매우 까다로웠다. 자료 열람은 연구, 보도, 수사를 위한 경우에나 허용됐고 검색한 내용을 2차 활용하려면 확인 절차를 거쳐야 했다. 자료 유출 방지를 위해 입장 시 모든 모바일 기기를 반납해야 하는 것은 기본이었다. 예연이 그동안 〈유어 라이프〉에 대한 조사를 하지 못한 이유도 이 까다로운 제약 때문이었다. 이렇게 낮은 접근성 때문에 무엇을 위한 보존이냐는 비난을 불러일으키기도 했지만 한국 디지털 역사관의 설립 취지가 애초에 보존을 위한 보존이었다.

예연은 복잡한 입장 절차를 마치고 역사관 내부로 들어섰다. 20세기 도서관처럼 꾸며둔 역사관 내부에는 과장되게 낡은 나무 책장들 안에 책들이 빼곡히 꽂혀 있었다. 방향제에서 뿜어 나오는 인공 꽃향기와 큼큼한 나무 냄새가 기묘하게 뒤섞였다. 혁신적인 아이디어로 유명한 TU사社의 주도로 만들어진 공간이라는 사실이 믿기지 않았다. 서가에 어떤 책들을 꽂아놓았는지 궁금하기도 했지만 그럴 시간은 없었다. 자료 열람 시간이 하루 2시간으로 제한되어 있기 때문이었다. 예연은 자신에게 주어진 시간은 이 2시간뿐이라고 생각했다. 기사 보도는 속도가 생명이라고 생각하는 편집장이 내일 또 자료 조사 시간을 줄 리 없었다. 예연의 걸음이 더 빨라졌다.

열람실은 서가 끝에 있었다. 새하얀 벽으로 둘러싸인 휑한 공간에 나무로 된 긴 테이블만 몇 개가 전부였고, 테이블 위에는 시대극에나 나오는 데스크톱 PC가 설치되어 있었다. 예연이 고전 게임을 할 때 몇 번 써보았던 마우스도 함께였다. 열람실엔 예연밖에 없었다. PC의 전원을 켜자 팬 돌아가는 소리가 낮게 깔리기 시작했다. 곧 모니터에 바탕 화면이 모습을 드러냈고 화면 중앙엔 TU 포털 사이트의 검색창이 커서를 일정한 속도로 끔뻑이고 있었다. 그 속도에 맞춰 예연의 맥박도 빨라졌다. 예연은 옷매무시를 한 번 가다듬고는 양 검지로 더듬더듬 키보드를 누르기 시작했다. 자음과 모음이 한 자 한 자 결합됐다. 잠시 후 검색창에 '유어 라이프 후기'라는 검색어가 완성됐다. 예연은 눈을 반짝이며 검색 버튼에 마우스 포인터를 갖다 대고 클릭했다. 딸각 소리와 함께 검색 결과가 화면 가득 쏟아졌다.

2

　예연은 스크롤을 천천히 내리며 검색 결과를 훑었다. 이상했다. 후기가 몇 개 없었다. 그나마 있는 후기들도 '재밌다', '꼭 해봐라' 같은 단평이 전부였다. 아무리 노인 대상 게임이었다고 해도 알려진 명성에 비해 후기가 너무 적었다. 당시 최대 게임 커뮤니티였던 트로이의 글도 보이지 않았다. 예연은 트로이에 직접 접속해 보기로 했다. 폐쇄성 높은 커뮤니티들이 그러하듯이 트로이도 포털 검색을 막아둔 것일 수 있었다.

　트로이 메인 페이지는 각종 게임 광고와 기사, 베스트 게시물

목록이 어지럽게 펼쳐져 있었다. 예연은 후기 게시판을 찾아 들어갔다. 그리고 다시 〈유어 라이프〉를 검색했다.

이번에는 [노인네들, 우리 몰래 이런 걸 하고 있었다니(작성자: 용가튼)]라는 글 하나가 검색됐다. 아바타가 텍스트를 읽어주는 형식의 게시물이었다. 두꺼운 팔뚝에 두꺼운 뿔테 안경을 낀 아바타가 팔짱을 낀 채 뭐라 뭐라 이야기를 시작했다. 당황한 예연이 주위를 둘러보았다. PC 본체 옆에 헤드셋이 걸려 있었다. 좌우도 확인하지 않고 허겁지겁 헤드셋을 쓰자 차가운 전자 음성이 예연의 귀를 파고들었다. 아바타는 노인들을 혐오하는 자신이 〈유어 라이프〉를 해보기 위해 할아버지 집에 찾아간 과정을 첩보물처럼 과장해 묘사하고 나서야 본격적인 이야기를 시작했다.

"…사실 게임 자체는 별거 없어. 그냥 흔한 인생 시뮬레이션 게임이야. 무슨 에코 어쩌고 하면서 힐링을 추구했나 봐. 너네 고전 게임 중에 〈동물의 숲〉이라고 알아? 그거랑 〈심즈〉 시리즈 섞은 느낌이야. 겁나 편하게 사는 노인네들이 뭘 자꾸 힐링을 하는지. 아무튼 뭐, 그래서 처음엔 실망했어. 진짜 얼마나 생각이 없으면 이딴 걸 재밌다고 하는지.

그래서 그만하려고 했는데 갑자기 우리 노인네가 캐릭터를 어떻게 키웠나 궁금하더라고? 바로 가장 최근 세이브 파일을 열어봤지. 자기 캐릭터를 무슨 근육맨으로 만들어 놨더라? 크크크. 평생 모솔이었을 것 같은 인간이 애인도 몇 명 만들어 놨더라고. 낄낄. 근데 갑자기 애인 캐릭터가 '자기야!' 하면서 다가오데? 그러더니 지난번에 물어본 거 생각해 봤냐는 거야. 그 말 끝나고 나니까 밑에 '승낙', '거절' 선택지가 뜨더라. 뭔지는 모르지만 일단 승낙을 선택했지. 그랬더니 갑자기 화면이 전환되면서 애인이랑 침대에 나란히 누워 있는 거야!

와! 왜 이 게임이 인기 있는지 이유를 딱 알겠더라. 크크. 그래서 진짜 너무 궁금했어. 어떤 식으로 구현했을지. 이건 안마 의자라 신경에 직접 자극을 주니까 그냥 5D 야동하고는 차원이 다를 거 아니냐. 그렇게 막 흥분 지수가 높아지고 있는데 애인 캐릭터가 날 다시 부르더니 엄청 지그시 쳐다보더라? 눈빛이 장난 아니었어. 진짜 애절했다니까. 그러더니 천천히 내 손을 잡는데! 내가 긴장해서 그런 건지 그 캐릭터가 다한증 설정인 건지, 손바닥의 축축한 느낌이 그대로 전달되는 거야! 와… 손바닥 감촉이 이 정돈데 그건 어떨까? 으흐흐. 궁금해서 미치겠더라고! 그런데 그때 또 애인 캐릭터가 나한테!

아, 미안. 나 알바 가야 해서 오늘은 여기까지 할게. 반응 좋으
면 또 이어서 올리고!"

아바타가 싱긋 미소를 짓더니 두꺼운 팔뚝을 흔들며 인사했
다. 예연은 멍해져서 의자에 몸을 기댔다. 이 후기만 보면 〈유어
라이프〉는 선정성을 무기로 내세운 흔한 성인용 시뮬레이션 게
임일 확률이 높았다. 평소 고전 SF 소설이나 영화에서 드러나
는 섹스 안드로이드에 대한 집착을 못마땅하게 생각하는 예연
이었기에 더 실망스러웠다. 새로운 기술이 등장하면 왜들 그렇
게 섹스와 연관시키지 못해 안달일까 싶었다. 하지만 아직 단정
할 수는 없었다. 예연은 다시 자세를 고쳐 잡고 빠르게 이전 화
면으로 돌아가 '용가튼'의 후속 글을 찾았다. 반전이 있길 바라
며 이리저리 찾아봤지만 후속 게시물은 없었다. 농락당한 기분
이었다. 예연은 다시 원래 글이 있는 페이지로 돌아가 스크롤을
내리며 천천히 댓글을 확인했다.

'노인네들 이젠 야겜까지 하네. 추하다.'
'노인네들 야겜하라고 정부 보조금까지 주다니 진짜 어이가 없
다. 내 세금…'

'니네 노인네가 모쏠이면 넌 어떻게 태어났냐?'

'알바 끝났으면 빨리 다음 글 올려라.'

'와, 나도 노인네 집 가서 해봐야겠다.'

그러다 드디어 예연의 눈에 띄는 댓글이 나왔다. 이덕천 할아버지의 〈유어 라이프〉 리액션 영상이 링크된 글이었다.

3

잠시 사그라졌던 기대감이 다시 부풀었다. 플레이 영상을 보면 더 직접적인 정보를 얻을 수 있을 것이었다. 예연은 링크를 통해 이덕천 할아버지 채널에 들어갔다. 이덕천 할아버지는 당시 구독자 150만을 보유한 인기 유튜버였다. 영상을 플레이하자 고급스러운 미색 한복을 차려입고 단정하게 머리를 빗어 넘긴 백발노인이 점잖게 머리 숙여 인사했다. 하지만 입을 열자마자 딴사람이 되었다. 표정은 여전히 근엄했지만 목소리는 쇳소리가 섞인 하이 톤이었고 말하는 속도는 1.5배속으로 재생한 것처럼 빨랐다. 이덕천 할아버지는 구성진 입담으로 자신이 왜 〈유어 라이프〉를 하게 되었는지 이야기했다. 예연은 30년 지기 친구와 실버 센터에서 만난 할머니가 할아버지에게 〈유어 라이프〉를 추천해 줬다는 이야기를 빠르게 건너뛰었다.

그리고 드디어 이덕천 할아버지가 아타락시아7에 누워 있는 모습이 등장했다. 예연은 다시 마음을 다잡고 한껏 집중했다. 광택이 있는 베이지색의 아타락시아7은 지금 봐도 세련된 유선형의 디자인이었다. 할아버지가 팔걸이에 있는 버튼을 누르자 헬멧 모양의 후드가 천천히 올라와 머리를 덮었다. 머리에 직접 써야 하는 HMD_{Head Mounted Display}의 불편함을 보완한 디스플레이 형태인 듯했다.

하지만 시간이 지나도 게임을 엿볼 수 있는 플레이 화면은 나오지 않고 아타락시아7에 누워 있는 할아버지의 모습만 보였다. 예연은 또 한 번 실망했다. 게임 화면이 없다 보니 영상은 지루했다. 할아버지가 호들갑을 떨며 리액션을 하고 편집 템포도 매우 빨랐지만 역부족이었다. 예연은 다시 스킵 버튼을 누르기 시작했다. 한참을 넘기다 보니 이덕천 할아버지가 자기는 결정 장애가 있다며 징징대고 있었다. 할아버지가 용가튼의 후기에 나온 분기에 도달한 건가 싶어 예연은 자기도 모르게 마우스에서 손가락을 뗐다.

"응, 그래. 응. 음… 그래. 듣고 보니 맞는 말이네. 오케이! …알았어. 그래. 가자. 죽자! 죽어! …어머, 뭘 그렇게 사람을 뚫어져라 쳐다봐? 민망하게. 눈 깔어! …이거 막 전기 충격 오고 그러는 거 아니지? …여러분 나는 갑니다. 잘 사세요!"

처음엔 민망한 상황을 에둘러 표현하는 거라고 생각했다. 하지만 할아버지의 반응이 이상했다. 온몸의 근육이 이완된 것처럼 팔다리가 축 늘어졌다. 하이 톤의 목소리에도 힘이 빠졌다. 그러고는 옅게 끙끙 앓는 소리를 내다가 곧 모든 동작을 멈췄다. 정적이 흘렀다. 조금 전까지 에너지를 과잉으로 뿜어내던 모습 때문에 더욱 숨 막히는 정적이었다. 화면엔 죽은 듯 누워 있는 할아버지의 모습만 떠 있었다. 온몸을 감싸고 있는 아타락시아7이 관처럼 느껴졌다.

몇 초간 정지된 듯한 화면이 지속됐지만 예연은 스킵 버튼을 누를 수 없었다. 서늘한 기운이 순식간에 온몸을 훑고 지나갔다. 얼마의 시간이 지나자 화면이 넘어가며 아타락시아7에서 일어난 할아버지의 얼굴이 다시 등장했다. 카메라에 시선을 맞추지 못하고 멍하니 허공을 응시하고 있었다. 뭔가 빠져나간 눈빛, 그 안에는 모든 것이 텅 비어 있었다. 할아버지가 천천히 고개를 돌려 카메라를 쳐다봤다. 확실히 눈빛이 달라져 있었다. 검은자위가 끝없이 뚫린 구멍 같았다. 이덕천 할아버지는 마치 다른 사람 목소리를 내듯이 낮은 톤으로 "여러분도 한번 해보세요"라고 말하곤 카메라에서 시선을 피했다. 그렇게 영상도 끝났다.

할아버지가 경험한 것은 단순한 성적 쾌감이 아니었다. 하지만 예연은 〈유어 라이프〉가 야한 게임, 일명 '야겜'이라고 추측했을 때보다 더 불편한 느낌을 받았다. 할아버지가 경험한 것이 무엇인지 확인하려면 영상을 다시 돌려보는 게 나을 테지만 그럴 엄두가 나지 않았다. 댓글 창이 막혀 있어 댓글을 확인하는 것도 불가능했다.

예연은 평정을 찾으려 애쓰며 천천히 이덕천 할아버지의 영상을 복기했다. 할아버지는 '죽자, 나는 떠난다, 저세상에서 만나자…' 같은 말을 했다. 단순하게 문자 그대로 생각하자면 이 표현들은 죽음을 의미했다. 그리고 할아버지가 영상 마지막 부분에서 보여준 모습도 그랬다. 살아있는 시체처럼 보였다. 〈유어 라이프〉에 죽음을 선택하는 상황이 있는 걸까.

스스로 죽는 일. 자살.

한때 세계 1, 2위를 기록하던 한국의 자살률은 현재 세계 최하위 수준이었다. 너무나 드문 일이었기에 일상에선 더 이상 보기 힘든 단어가 되어버렸다. 하지만 예연에겐 그렇지 않았다. 예연의 할아버지는 자살로 생을 마감했고, 아버지는 할아버지의 선택을 평생 받아들이지 못했다. 아버지는 할아버지의 죽음이 너무 느닷없었다고 했다. 할아버지는 절대 자기를 혼자 두고 떠날 사람이 아니라는 것이었다. 심지어 유서도 없었다고 했다. 처음 그 이야기를 들었을 때 예연은 아버지가 알지 못했던 할아버지만의 사정이 있었을 것이라고 생각했다. 가까운 사람에게도 털어놓지 못할 무언가 말이다.

황당하게도 아버지는 할아버지의 죽음이 게임 때문이라고 단언했다. 그래서 자신도 그 이후로는 게임에는 손도 대지 않았고 예연도 게임을 하지 못하도록 막았다. 당연히 할아버지의 게임기들도 만지지 못하게 했다. 예연은 아버지가 집을 비웠을 때만 숨겨진 유품 상자를 찾아 몰래 게임기들을 가지고 놀았다. 아버지의 억압 때문에 오히려 예연이 게임에 대해 강렬한 애정을 가지게 된 것인지도 몰랐다. 그리고 15년 전 아버지가 사고로 세상을 떠난 후 예연은 그동안의 결핍을 채우려는 듯 광적으로 게임을 파고들었다.

'게임이 사람을 망친다.' 비디오 게임이 본격적으로 등장한

20세기 말에나 나돌던 이야기였다. 아버지의 게임 혐오는 교육적인 차원도 아니었다. 아버지는 게임이 딥스테이트 세력의 세뇌 도구라고 믿었다. 평소에도 음모론에 심취해 있었다. 이를테면 코로나 팬데믹은 빌 게이츠의 음모라고 했다. 어렸을 땐 그런 이야기들이 재밌었지만 나이를 먹고 나서는 듣기 거북했다.

하지만 〈유어 라이프〉를 플레이하고 넋이 나간 이덕천 할아버지의 모습을 마주하는 순간, 오랜 시간 예연의 무의식 깊은 곳에 봉인되어 있던 아버지의 말이 의식의 표면으로 소환됐다.

"게임 때문에 네 할아버지가 돌아가신 거야."

그 게임이 〈유어 라이프〉를 말하는 걸까. 화면에 떠 있는 이덕천 할아버지의 얼굴에 할아버지의 얼굴이 희미하게 겹쳐졌다.

4

예연은 마음을 가라앉히고 검색창에 '유어 라이프'와 '자살'을 함께 검색했다. 검색 결과로 화면이 가득 찼지만 정확도가 높아 보이는 자료는 없었다. 그러다 교수님 분위기를 물씬 풍기는 할머니의 모습이 섬네일에 담긴 [저도 내일 죽겠습니다]라는 제목의 영상을 발견했다. '영숙TV'라는 채널이었다. 제목과 할머니의 검은 정장 때문에 섬네일 이미지가 영정 사진처럼 보였다. 주름 사이사이 진중함이 배어 있는 얼굴을 보니 자극적인 제목으로 클릭을 유도하는 낚시성 영상 같지는 않았다. 오히려 그래서 예연은 영상을 클릭하기가 망설여졌다. 이덕천 할아버지의 영상을 보고 받은 충격이 아직 가시지 않아 비슷한 충격을 또 감당할 자신이 없었기 때문이었다. 하지만 시간이 없었다.

"『쿠오 바디스』라는 소설을 보면 페트로니우스라는 사람이 나와요. 이 사람이 네로 황제한테 죽임을 당할 상황에 처하는데 도망치거나 목숨을 구걸하지 않고 스스로 목숨을 끊거든요. 근데 이게 절망적인 느낌으로 그러는 게 아니라 아주 담담하고 의연하게 그래요. 그것도 친구들 앞에서요. 페트로니우스가 그 전까지 네로 황제의 비위를 맞춰주고 살았기 때문에 오히려 이 죽음은 지난날을 속죄하고 인간답게 생을 마치는 존엄한 죽음이 되는 거죠. 그래서 숭고미가 느껴져요.

우리가 오랜 시간 동안 생의 의지 어쩌고 하면서 너무 사는 데에 집착했잖아요? 의학 때문에 수명이 아주 길어졌는데 이게 사실 '자연스러운' 게 아니에요. 원래 인간 DNA에 각인된 수명이

38세라잖아요. 우린 그 2배 이상을 사는 거예요. 왜 그런 얘기도 있잖아요. 과학은 해야 하는 걸 하기보단 할 수 있는 걸 한다고. 수명을 무작정 늘린 건 해야 했던 일이라기보단 할 수 있어서 한 일이었던 거죠.

이렇게 인위적으로 수명을 늘려놓은 것이기 때문에 그대로 하염없이 살지 말고 우리가 스스로 끝날 때를 정해야 한다는 겁니다. 제가 갑자기 이러는 게 아니에요. 그동안 강연들도 많이 보고 '그것'도 해보고 하면서 오랜 시간 고민한 겁니다."

할머니는 이후에도 존엄사의 역사와 당위성에 대해 차분하게 설명했다. 영상이 업로드된 날짜는 2045년 10월이었다. 이야기를 들어보니 당시 존엄사를 생각했던 사람이 소수가 아닌 것 같았다. 댓글 창은 난장판이었다. 노인으로 보이는 유저들은 할머니를 응원하기도 하고 존엄사에 대한 자기 생각을 길게 풀어놓기도 했다. 젊은 층으로 보이는 유저들의 댓글은 조롱과 비난 일색이었다. 그 가운데 특히 대댓글이 많은 댓글이 하나 있었다.

'노인네들 살아봤자 별거 없어서 죽는 거면서 존엄사라고 포장하는 거 역겹다. 가진 게 많고 누릴 게 많았어 봐. 아등바등 살려 했겠지. 죽을 때라도 솔직해지자. 제발.'

배설에 가까운 대댓글들이 엎치락뒤치락 이어졌다. 예연은 중간 즈음까지 읽다 결국 포기하고 다시 검색창으로 돌아갔다. 그러고는 '2045년'과 '노인 자살'을 검색했다. 검색 결과 상단에 2045년 자살률 관련 기사가 있었다. 2046년 1월에 작성된 기사로, 원인 분석이나 논평 없이 통계만 나와 있는 건조한 기사였다. 2045년에 만 65세 이상 노인 자살률이 예년보다 20배 정도 상승해 10만 명당 1,601명을 기록했다는 내용이었다.

20배라니. 1년 만에 자살률이 갑자기 20배 이상 높아지는 게 가능한 일인가. '2045년', '노인', '자살', '원인'으로 다시 검색했다. 하지만 원인을 제대로 분석한 자료는 없었다. 다양한 조합으로 계속 검색해 봐도 마찬가지였다. 특정 세대의 자살률이 20배 이상 높아지면 사회적으로 큰 파문이 일어나야 했다. 그 당시에라고 이 수치가 아무렇지도 않은 일이었을 리가 없었다.

예연은 생각에 잠긴 채 영숙TV 화면을 다시 띄웠다. 그 순간, 자신이 '유어 라이프'와 '자살'로 검색했다가 이 페이지에 들어왔다는 사실이 떠올랐다. 이상했다. 할머니 영상에서는 '자살'

이라는 표현을 직접 사용하지 않았다. 〈유어 라이프〉는 아예 언급되지도 않았다. 그런데 왜 이 게시물이 검색되었을까. 예연은 영숙TV 페이지 곳곳을 유심히 살폈다. 그러다가 아까는 미처 확인하지 못했던, 옅은 색으로 처리되어 눈에 잘 띄지 않는 해시태그 목록을 발견했다. 예연은 화면에 얼굴을 바짝 갖다 대고 해시태그를 살폈다.

#존엄사 #노인 #쿠오바디스 #페트로니우스 #유어_라이프

이 페이지가 검색에 뜬 것은 해시태그 때문이었다. 검색 엔진이 '존엄사'를 자살의 연관 단어로 판단하고 검색 결과에 노출시킨 것 같았다. 그러면 〈유어 라이프〉는 왜 해시 태그에 포함되어 있고 검색에 걸리게 된 것일까. 예연은 다시 영상을 재생했다. 이번에는 자막도 켰다.

"제가 갑자기 이러는 게 아니에요. 그동안 강연들도 많이 보고 '그것'도 해보고 하면서 오랜 시간 고민한 겁니다."

영상을 멈췄다. '해본다.' 게임에도 어울리는 표현이었다. 하지만 '그것'이 〈유어 라이프〉를 가리킨다고 확신할 수는 없어, 예연은 다시 영상을 재생했다. 결국 끝까지 봤지만 〈유어 라이프〉

와 연관시킬 수 있는 내용은 더 없었다. 예연은 조금의 힌트라도 얻길 바라는 마음으로 읽다가 포기했던 댓글 타래를 다시 훑었다. 100여 개쯤 이어진 댓글 타래의 끝에 한 댓글이 조용히 예연을 기다리고 있었다.

'요새 어린 것들 찡찡거릴 줄이나 알지, 멍청해 가지고. 에휴. 이덕천이 자살한 거 몰라? 요새 제일 잘나가는 유튜버였는데 이건 논리적으로 어떻게 설명할 거냐? 쯧쯧.'

이덕천 할아버지의 텅 빈 얼굴이 예연의 머릿속에 다시 덜컹 내려앉았다. 적막이 감돌던 열람실에 방향제 분사되는 소리가 들렸다. 곧 인공적인 라벤더 향이 예연의 코를 불쾌하게 찔렀다.

5

'마루위키'. 번역 기술이 발전해 전 세계가 통합된 위키를 사용하기 전 한국에서 사용하던 위키 백과다. 예연의 눈앞에는 마루위키의 '유어 라이프/기본 정보' 항목이 떠 있었다. 여기에 따르면 〈유어 라이프〉의 출시일은 2045년 3월이었다.

하지만 그게 다였다. 예연은 왜 진작 마루위키를 떠올리지 못했는지 자책하며 들어와 본 것인데, 자책이 무색할 정도로 대부분의 항목이 텅 비어 있었다. 자신의 머릿속에서라도 이 공백을 온전히 메우고 싶은 충동을 느꼈다. 이 마루위키 문서의 유일한 각주는 〈유어 라이프〉 출시일에 달린 것이었다. 다른 설명 없이 URL 링크만 남아 있었다. 링크는 〈유어 라이프〉 개발사인 '도도소프트' 개발팀장의 인터뷰 기사로 연결됐다. 개발자 인터뷰라면 도움될 내용이 있을 것 같았다.

[Q] 출시를 얼마 남기지 않은 상태에서 플랫폼이 아타락시아7로 변경됐습니다. 그래서 발표 당시 도도소프트 신작을 기다리던 게임 팬들 사이에서도 논란이 됐고 업계에서도 무리한 결정이었다는 얘기가 많았는데요.

[A] 맞아요. 그래서 그때 욕도 많이 먹고 주가도 많이 떨어졌어요. (웃음) 오민서 대표님이 직접 찾아오셨거든요. 아타락시아7에 들어갈 독점 콘텐츠를 찾고 있는데 자체 리서치 결과 〈유어 라이프〉가 가장 적합하다는 결론을 내렸다고 하시더라고요. 저도 처음

엔 난감했죠. 근데 약속한 지원 내용이 정말 놀라운 수준이었어요. 자세한 내용을 밝힌 순 없지만… 그걸 거절하면 바보였어요. PC와 콘솔 게임 시장이 갈수록 안 좋아져서 새로운 돌파구를 찾고 있던 시기이기도 했고요.

[Q] 오민서 대표님이 왜 독점 출시작으로 〈유어 라이프〉를 선택하신 걸까요?

[A] 여기서 공개적으로 말씀드리긴 좀 곤란할 것 같아요. 제가 대단히 감명받았다고만 해둘게요.

[Q] 그러니까 더 궁금하네요. 기존에 개발하던 버전과 현재 출시된 버전이 많이 다른가요?

[A] 네. 많이 달라요. 일단 기술적으로, 아타락시아7의 가상 감각 전달 시스템이 워낙 획기적이었기 때문에 그 장점을 극대화시켰고요. 뇌-컴퓨터 인터페이스BCI(Brain-Computer Interface) 기술이 애초에 의료 분야에서 집중적으로 연구됐잖아요. 당연히 게임 쪽보다 앞서 있었죠. 뇌파 마사지에 사용되는 전기 펄스 기술이 특히 그래요. 그걸 아주 유용하게 사용했어요. 스토리 측면에서는, 원래 엔딩이 없는 게임이었는데 엔딩을 볼 수 있는 분기가 생겼고요.

개발자는 상기된 얼굴로 오민서 대표에 대해 이야기했다. 마치 애정하는 연예인에 대해 떠드는 것 같았다. 오민서가 아이디어를 준 엔딩의 의미와 그 기술적 구현에 큰 자부심을 느낀다고 했다. 예연은 인터뷰를 보며 개발자가 단순히 겸손한 것이 아니라 지나칠 정도로 오민서에게 공을 돌린다는 인상을 받았다. 인터뷰어도 자신이 오민서 대표의 팬이라고 했다. 예연은 곧장 오민서를 검색했다.

[검색 포털 TU가 선정한 2040년대 파워 피플② -오민서]

오민서. 2010년 서울 출생. 실버라이닝사의 창업주인 오철승의 외동딸이다. '편안함 너머의 편안함'이라는 캐치프레이즈를 가진 실버라이닝사는 우리나라 안마 의자 업계의 선두 주자로서 안마 의자의 대중화를 성공시키며 크게 성장했다. 하지만 이후 후발 주자들과의 차별성을 만들어 내지 못해 위기를 맞았고, 오민서는 회사가 부도 위기에 허덕이던 때에 불과 27세의 나이로 CEO 자리에 올랐다. 부친 오철승이 2037년 교통사고로 사망한 직후였다.

오민서는 자기 자신을 활용해 위기를 탈출했다. 오민서에게는 특이한 경력이 있었다. 그녀는 어린 시절 유치원을 배경으로 한 리얼리티 프로그램 〈상상 유치원〉에 출연했었다. 유치원의 일상을 드라마처럼 그려낸 이 프로그램은 중장년층에게 큰 인기를 끌었다. … 반짝반짝한 눈을 빛내는 오민서는 저출산 시대의 많은 사람들에게 대리 만족감을 줬다.

그로부터 20여 년 후, 오민서가 다시 대중 앞에 나타난 것이다. 한순간에 고아가 되고 부도 위기의 회사도 떠안은 상태였다. 어린 오민서에 열광했던 중장년층은 이제 안마 의자를 구매할 나이였고 기꺼이 실버라이닝사의 고객이 되었다. 실버라이닝사가 오민서라는 차별점을 갖게 된 것이다.

그렇다고 이미지 메이킹만 잘한 게 아니었다. 당시 안마 의자는 기술 정체로 몇 년 동안 큰 발전이 없었다. 하지만 오민서가 CEO가 된 후 실버라이닝사는 다양한 기술을 과감하게 안마 의자에 접목했고 다시 한번 업계를 선도하는 기업이 되었다. 특히 전기 펄스를 활용한 신경 마사지 기술은 큰 반향을 일으켰다. 연이은 성공의 정점은 아타락시아7이었다. …

여기까지가 〈유어 라이프〉 출시 때까지 오민서의 행보였다. 예연은 오민서에 대한 개발자와 인터뷰어의 반응이 어느 정도 이해됐다. 하지만 역시 〈유어 라이프〉와 직접 관련된 정보는 없었다. 오민서에 대한 검색 결과를 훑으며 스크롤을 계속 내렸다. 중간 즈음 오민서의 강연 영상이 있었다. 영상 속 오민서는 포털 소개 글에서 묘사된 것처럼 맑고 단단한 눈으로 자기 생각을 또박또박 이야기하고 있었다. 청중들의 눈빛도 같이 반짝이게 만드는 눈빛이었다.

"'편안함 너머의 편안함'. 저희 회사 캐치프레이즈죠. 다들 아시겠지만 최희성 선생님이 지어주셨어요. 저한텐 정말 아버지 같은 멘토신데요. 음… 근데 편안함이 뭘까요? 여러분 편안하세요? 하하. 반응을 보니까 다들 아니신 거 같네요. 그래서 한번은 제가 선생님께 물어봤어요. 편안함이 뭐냐고요. 그랬더니 '자연스러운 상태를 말하는 게 아닐까?'라고 하셨어요. 맞는 얘기죠? 무언가 부자연스러우면 불편해지잖아요. 몸이고 마음이고.

그럼 지금 우리 사회에서 제일 자연스럽지 않은 게 뭘까요? 네? 아이고, 엄청 뭐가 많이 나오네요. 하하. 다 맞는 이야기지만 저는 개인적으로 인구 불균형 문제가 제일 자연스럽지 않다고 생각합니다. 여러분이 말씀하신 내용들도 근본 원인이 인구 절벽인 것들이 많죠. 사실 누가 일부러 이 사태를 만든 건 아니잖아요? 그런데 이 문제 때문에 다들 힘들죠. 국가 재정도 심각한 위기고 세대 갈등도 너무 심합니다. 몇 년 전까지만 해도 노인 자살률도

엄청 높았죠. 자살 원인도 대부분 빈곤 아니면 고독이었어요. 그래
서 이 문제를…”

몇 년 전까지만 해도 노인 자살률이 높았다는 오민서의 말에
예연이 멈칫했다. 일시 정지 버튼을 누르고 영상이 올라온 날짜
를 확인했다. 2045년 1월이었다. 1월이면 대대적인 노인 자살
이 일어나기 전이었다. 즉, 노인 자살률은 2045년 이전에 얼마
간 낮아졌다가 2045년에 다시 폭증했다는 이야기였다.

도대체 2045년에 무슨 일이 있었던 걸까. 예연은 [2045년
10대 뉴스]라는 영상을 찾았다. 평양 민간인 관광 합의, 아타락
시아7 국가 보조금 지급, 부산광역시 모라토리움 선언 같은 일
들 외엔 연예계 가십이나 강력 범죄 사건들이 다루어지고 있었
다. 그러다 아나운서가 다사다난한 한 해였다는 뻔한 멘트를 덧
붙일 때 광화문 광장에서 대규모로 시위를 하는 영상이 짧게
지나갔다. 예연은 바로 2045년에 광화문 광장에서 일어난 시위
를 검색했다. 그러자 아타락시아7 국가 보조금 반대 시위 관련
자료들이 나왔다. 최상단에 노출된 영상에는 한 청년이 절규하
며 구호를 외치는 모습이 섬네일로 담겨 있었다.

시위 분위기는 험악했다. 광화문을 가득 메운 청년들은 모두 검은색 상의를 입고 있었다. '대한민국 청년은 이등 시민', '노인 포퓰리즘 정책 중단하라', '욜로족 때문에 우리가 골로' 같은 문구가 적힌 피켓들이 검은 인파 위에 우뚝우뚝 솟아 있었다. "노인만! 국민이냐! 우리도! 국민이다!" 청년들은 박자에 맞춰 목이 찢어져라 구호를 외쳤다. 장면이 바뀌자 폴리스 라인 근처에 모여 있던 노인들과 시위대가 싸우는 모습이 나왔다. 처음에는 서로 욕을 주고받더니 결국 몸끼리 충돌했고 순식간에 아수라장이 됐다. 그 모습을 찍고 있던 카메라 역시 소요에 휘말린 듯 심하게 흔들렸다.

화면이 전환되고 방송국 스튜디오가 등장했다. 〈긴급 편성! 아타락시아7 정부 보조금 지급 찬반 토론〉이라는 타이틀이 잠시 머물다 사라졌다. 진행자가 냉철한 목소리로 최근 발표된 정부 보조금 지급이 또다시 세대 갈등을 폭발하게 만들었다는 이야기를 한 뒤, 패널에게 마이크를 넘겼다. 온화하고 지적인 느낌의 백발노인이 차분하게 발언을 시작했다.

"노인 복지가 절대 과한 게 아닙니다. 그동안 노인 복지가 너무나 열악했기 때문에 정상화되는 과정일 뿐인데도 마구 퍼주는 것처럼 느껴지는 거죠. 우리나라가 지난 몇십 년간 OECD 노인 자살률 1위, 상대적 빈곤율 1위였습니다. 특히 상대적 빈곤율은 OECD 평균보다 3배가 넘었어요. 그게 불과 3~4년 전 일입니다. 그리고…"

반대 패널이 비꼬는 말투로 찬성 패널을 쏘아붙였다.

"존경하는 우리 최 이사장님 말씀도 원론적으로 틀린 얘긴 아닙니다. 그런데 국가 재원이 한정되어 있지 않습니까? 지금 노인 복지 때문에 국가 부채 규모가 너무 커졌습니다. 그리고 사실 지금 도움이 더 절실한 건 청년들입니다. 우리 청년들 얼마나 어렵습니까. 괜히 절벽 세대라고 불리겠습니까? 그런데 자꾸 노인들이 더 힘드니까, 노인 인구가 더 많으니까 일단 너희가 희생해라 하고 있지 않습니까. 청년들의 박탈감이 엄청납니다. 이사장님도 청년들의 고충을 알긴 하시는 거죠?"

찬성 패널의 얼굴이 굳었다. 진심으로 어쩔 줄 몰라 하며 곤혹스러워하는 표정이었다. 물을 한 모금 마신 찬성 패널이 다시 말을 이어가려고 목을 가다듬었다. 그때 옆에 있던 다른 찬성 패널이 "아니, 그런다고 젊은 사람들이 노인들을 잡아다 때립니까? 그게 어디 사람이 할 짓이에요?"라며 공격을 시작했다. 그러자 반대 패널은 극단주의자들인 '고클단'의 행동을 일반화시키지 말라며 버럭 했고 토론은 순식간에 엉망이 됐다. 진행자의 통제도 소용없었다. 백발의 찬성 패널만이 시선을 허공에 고정한 채 침울한 얼굴로 입을 꾹 다물고 있었다.

예연은 댓글이 궁금했다. 가장 상단에 노출된 베스트 댓글은 '최희성도 옹호가 안 되는 보조금 지급ㅋㅋㅋ'이었다. 최희성. 오민서가 자신의 멘토라고 했던 사람이었다. '최희성 저런 모습 처음 본다', '그래도 역시 최희성은 인정할 건 인정하네'처럼 우호적인 댓글과 '최희성도 이제 토론감 다 잃었네', '최희성이 노인네들 대장이나 다름없는데 이제 와서 청년들 생각하는 척하는 거 토 나옴' 같은 비판 댓글이 엎치락뒤치락했다.

생각이 갈리는 건 최희성에 대해서만이 아니었다. 고클단에 대한 생각도 달랐다. 이유가 뭐든 폭력을 쓰는 건 정당화될 수 없다는 의견과 고클단의 노인 폭행에 대리 만족을 느낀다며 청년층이 고클단을 욕하는 것은 위선이라는 의견이 팽팽하게 맞섰다.

찾아보니 고클단은 '고려장 클랜'의 준말이었다. 예연은 클랜이 집단이란 뜻인데 왜 뒤에 굳이 단團을 또 붙였는지 의아했다. 그냥 '고클'이라고 하면 단체 느낌이 안 나서 붙인 건가. 그때 [제가 고클단 단장입니다]라는 제목의 영상이 눈에 들어왔다. 섬네일에는 고딕체의 텍스트만이 비장하게 써 있었다. 영상을 클릭하자 KKK단처럼 하얀 두건을 어깨까지 뒤집어쓴 사람이 등장했다. 눈구멍을 잘못 뚫었는지 한쪽 눈이 제대로 보이지 않아 더 기괴했다. 음성도 변조되어 성별을 가늠할 수 없었다. 빠르고 리드미컬한 편집 때문에 모든 말이 랩처럼 들렸다.

"난 고클단 단장 작살이야. 이 영상 올리는 이유는 언론에서 우리를 하도 미친놈들처럼 묘사하길래, 진짜 제대로 된 활동 목적을 밝히기 위해서야. 나는 오늘 팩트만 말할 거야. 못 믿겠으면 다 팩트 체크 해봐.

봐봐. 총부양비라는 수치가 있어. 생산가능인구 100명당 부양해야 할 애기들이랑 노인 비율인데 이게 작년에 100명이 넘었어. 애기들은 어차피 얼마 안 되니까 빼면, 청년 100명이 노인네 100명 이상을 부양해야 한다는 거라고. 열 받지 않아? 요즘 세상에 1인분 살기도 빡센데 1인분 이상 살아도 나한테 돌아오는 게 하나도 없다는 얘기야. 이게 팩트야. 수치가 말해주잖아. 근데 더 중요한 게 뭔지 알아? 이 수치가 30년도 안 돼서 3배가 넘게 뛰었다는 거야. 우리가 완전 독박 쓴 거라고.

그럼 왜 이렇게 됐을까? 당연히 저출산이지. 지금 노인네들 젊었을 때 합계출산율이 1명도 안 됐어. 합계출산율이 뭐냐면, 아, 이런 건 니네가 좀 찾아봐. 제발 공부 좀 해. 안 그럼 이용당한다고. 아무튼! 인구가 계속 현상 유지가 되려면 이 합계출산율이 2명이어야 해. 근데 1명이면 어떻게 되겠어? 당연히 다음 세대에 인구가 반 토막 나는 거지. 근데 평균 1명도 안 된다? 이건 그냥 망하자는 거야.

근데 더 열 받는 건 뭔지 알아? 인구는 전쟁처럼 특별한 변수가 없으면 나중에 어떻게 될지 미리 다 계산이 된다는 거야. 이게 무슨 얘기냐. 얘넨 지금 이 꼴이 날 거를 뻔히 알면서도 애를 안 낳았다는 거지! 그럼 얘네가 그럴 수밖에 없는 절박한 이유가 있었냐. 아니? 없었어. 얘네가 뭐 한 줄 알아? 무슨 욜로니 워라밸이니 지랄하면서 놀러 다녔어. 지금 우리가 이런 새끼들 부양한다고 이 고생하고 있는 거라고. 지들 편한 대로 살다가, 이제 늙으니까 복지를 해달라고? 하, 진짜 사람 새끼들도 아니야. 최소한의 양심도 없어. 누군 놀 줄 몰라? 어? 다른 세대는 바보라서 애 낳고 뼈

빠지게 키운 줄 알아?

누군 그럴 거야. 아무리 그렇다고 사람을 패냐고. 근데 우리가 그냥 패? 죽어라 얘기해도 안 되니까 최후의 수단을 쓰는 거잖아. 그런 논리면 김구 선생님도 테러리스트냐?"

작살은 청년들이 국회 진출을 위해 만든 정당이 선거에서 얼마나 처참한 결과를 얻었었는지 이야기하며 열변을 토했다. 노인 인구수가 압도적으로 많으니 정치인들이 선거에 이기기 위해 노인 포퓰리즘 정책만 남발한다는 것이다. 다수결 원칙의 부조리가 만든 악순환이 청년들을 절벽으로 몰아세우고 있다며 한국은 민주주의 사회가 아니라 노인 독재 사회라는 말도 덧붙였다. 누가 보면 정말 독립운동이라도 한 것 같았다.

작살의 이야기는 자기 연민, 억울함, 궤변으로 가득했다. 기저에 깔린 끝 모를 분노와 혐오가 보는 사람에게도 고스란히 전달됐다. 두건으로 얼굴을 가리고 있었지만 표정이 적나라하게 보이는 것처럼 느껴졌다.

예연은 오민서부터 토론 패널, 작살까지 모두 '인구 절벽'을 이야기하고 있다는 사실에 주목했다.

7

〈2045년 노인 인구, 전체 인구의 40퍼센트 돌파〉

〈넘치는 폐가… 지방 도시 슬럼화 심각〉

〈출산율 최저치 경신! 이대로면 2700년 대한민국 소멸한다〉

〈20대 광화문 집회가 폭력 시위로 번져… 노인 단체와 '무력
충돌〉

〈또 건보료 인상? 이번 정부 들어 벌써 3번째〉

〈연이은 노인 집단 폭행 '고클단 소행 의심'〉

〈'청년 주택 확대 법안' 국회에서 표류, '실버 센터 확대'는 일사천리〉

〈지방 대학 연쇄 폐교가 지방 상권 붕괴로 이어져〉

〈'잇단 초중고 통폐합' 남는 교사 어쩌나? 수업 못 하는 교사 33
퍼센트〉

〈수도권 집값 역대 최고가 경신!〉

〈국가 재정 위기 '심각', 국가 부채 사상 최고치 달성〉

당시 기사 제목들을 보니 마치 디스토피아 영화를 보는 느낌
이 들었다. 2000년대 중반 인구 절벽이 심각했었다는 건 역사
적 지식의 일환으로 알고 있었지만, 이 정도로 과열된 분위기였

을 줄은 몰랐다. 예연이 사는 현재에도 서울 과밀 현상은 여전했다. 하지만 인구 절벽 문제는 크게 해소됐고 경제 문제나 세대 갈등도 심하지 않았다. 오히려 환경 문제가 가장 큰 골칫거리였다.

〈국가 재정 위기 '심각'〉이라는 제목의 기사가 당시 서울권 대학교 연합 커뮤니티의 최고 조회수를 기록한 글로 올라와 있었다. 화면 상단에는 연관 추천 글 목록이 보였다. 학교와 교수에 대한 불만 글과 정치 글이 절반씩 지분을 차지하고 있었고, 대부분 제목부터 공격적이었다. 그중 제목의 결이 다른 글이 있었다. [이게 정말이었으면 좋겠다…(작성자: 꼬꼬개)]라는 게시물이었다.

본문 내용은 링크 주소와 함께 '이거 진짤까? 진짜였음 좋겠다ㅜㅜ'라는 한 문장이 다였다. 예연은 링크를 클릭하기 전 댓글을 먼저 확인했다. 대부분 조롱이었다. '저게 말이 되냐?', '정부가 미쳤냐?', '야야 이런 건 상대도 하지 마라', '여기도 이제 망했나 음모국개들이 와서 설치기 시작하네' 등등.

이 당시 청년들은 다들 분노 바이러스에라도 전염된 것 같았다. 예연이 링크를 클릭하자 판데아라는 초대형 커뮤니티에 속한 '음모국' 페이지로 넘어갔다. 페이지 상단엔 음모국에서 왕으로 추대하고 있는 21세기 지구평면설의 선구자, 플랫 어스 소

사이어티 회장 대니얼 셴턴의 사진이 있었다. 지구평면설. 아버지에게 지겹게 듣던 이야기였다. 예연은 아버지도 음모국 유저였을 수 있겠다고 생각했다. 스크롤을 내리자 링크되었던 글이 모습을 드러냈다. 제목부터 띄어쓰기도 엉망이고 특수 문자도 많아 읽기가 힘들었다. 본문 역시 각종 이모티콘과 텍스트 이미지, 특수 문자가 정신없이 뒤섞여 있었다. 작성자의 닉네임은 '스노든'이었다.

[국가 지급 영양제의 비밀 알려줌(작성자: 스노든)]

3년 전 기억나지? 노인네들한테 영양제 공짜로 나눠준다고 했을 때 우리가 난리 쳤잖아. 나도 그때 광화문 매주 나갔었어. 결과는 뭐, 씨알도 안 먹혔지. 근데 내가 이번에 놀라운 사실을 알아냈어.

작년에 나라에서 노인네들한테 지급하는 영양제에 '악나스트로마이센'이라는 성분이 추가됐거든. 어차피 어려운 말 해봐야 못 알아들을 테니까 쉽게 말해줄게. 원래 뇌세포 덜 죽게 하고 기억력 증진 어쩌고 한다고 알려진 성분이야. 근데 사실 이게 사람을 무기력하게 만들어. 그것도 아주 심하게. 모든 욕구가 사라져서 나중엔 막 살기 싫어지는 거지.

최근에 노인네들 자살률 확 높아졌잖아. 엄청 죽지. 갑자기 왜 그러겠어? 다 이유가 있었던 거야. 나 솔직히 감동했다. 정부에서도 진정으로 나라를 생각하고 있었던 거야. 겉으로는 노인네들 복지해 주는 척해서 우리한테 욕먹고 있지만… 사실 그걸 이용해서 노인네들을 제거하고 있었던 거지. 크~ 멋지지 않냐? 완전 다크나이트야.

황당한 글이었다. 음모국에서도 터무니없는 글로 취급받고 있었다. 특히 좌우 가리지 않고 노인 편만 들어오던 정부가 갑자기 뒤에서 그런 음모를 꾸민다는 게 말도 안 된다는 반응이 많았다. 스크롤을 내리던 예연은 이 글이 올라오고 몇 달이 지난 후 뒤늦게 달린 댓글을 발견했다.

'유.라.인가 뭔가 때문 아니었어?'

8

만 65세 이상을 대상으로 한 영양제 지급은 2042년 시행됐다. 정부 보도 자료에서는 우리나라의 의료 복지를 획기적으로 발전시킨 업적이라며 자화자찬했지만 여론은 정반대였다. 청년들은 노인 포퓰리즘의 결정판이라며 크게 반발했다. 스노든의 말처럼 이때도 대규모 시위가 있었던 것 같았다. 놀라운 것은 이 반발을 잠재우기 위해 정부가 시행한 후속 정책이었다. 정부는 2044년부터 영양제 지급 대상을 전 국민으로 확대했다. 당연히 여론은 최악이었다. 청년들은 정작 중요한 문제들은 방치한 채 필요도 없는 영양제를 손에 쥐여주며 생색내는 정부에 매우 분노했다.

예연의 시선이 자연스레 자신의 가방을 향했다. 안에는 정부에서 지급하는 영양제 키트가 들어 있었다. 전 국민 대상 영양제 지급이 이런 식으로 시작됐다니 기분이 이상했다. 국가 재정이 파탄 위기였다는 2040년대 중반에 시행하기에는 무리한 정책이었다.

열람실에 들어온 지 어느덧 1시간이 넘게 지나 있었다. 예연은 악나스트로마이센이 스노든의 말처럼 정말 무력감을 유발하는 성분인지 확인했다. 이 성분이 극심한 무력감을 유발하는 부작용이 있다는 자료는 금방 찾을 수 있었다. 문제는 관련 내용 대부분이 2047년 이후 자료에서 나온다는 점이었다.

스노든의 주장에 따르면 정부는 2044년에 악나스트로마이센 성분을 추가했고, 당시에는 악나스트로마이센이 뇌세포 보호와 기억력 증진 효과가 있는 성분으로만 알려져 있었다. 아직 부작용이 발견되지 않았을 때니 굳이 영양제에 들어간 성분을 숨길 이유가 없었다. 그런데 왜 숨겼을까. 스노든의 이야기처럼 정부가 악나스트로마이센의 부작용을 미리 알고 그 효과를 이용한 것이라고 치면 차라리 말이 됐다.

예연은 스노든의 황당한 이야기를 진지하게 생각하고 있는 자신의 모습이 우습게 느껴졌다. 스노든 주장엔 아무런 근거가 없었다. 2045년 급증한 노인 자살률 때문에 나온 음모론이라고 보는 게 합리적이었다.

예연이 코로 긴 한숨을 내뱉었다. 머릿속이 복잡했다. '유.라.인가 뭔가 때문 아니었어?'라는 댓글로 다시 시선이 향했다. 〈유어 라이프〉를 플레이한 이덕천 할아버지의 텅 빈 모습을 보고 이덕천 할아버지의 자살 소식을 접한다면 누구라도 그 게임이 자살에 영향을 줬다고 의심할 수밖에 없었다. 그렇다고 〈유어 라이프〉가 2045년에 있었던 수많은 노인 자살의 원인이라고 생각하는 건 터무니없는 일반화일 것이었다. 하지만 예연은 자기도 모르게 자꾸 둘을 연결하고 있었다. 자신이 그토록 싫어했던 아버지의 모습과 비슷했다.

예연은 주머니에 있던 〈유어 라이프〉 메달을 꺼냈다. 메달에 새겨진 베타 테스트 기간은 2044년 12월이었다. 할아버지가 자살로 사망한 시점은 그즈음, 2040년대 중반이 맞았다.

망설이며 모니터를 보던 예연의 머리에 할아버지의 SNS 계정이 남아 있을지 모른다는 생각이 스쳤다. 예연은 빠르게 당시 가장 많이 쓰이던 SNS로 들어가 검색창에 할아버지의 이름을 입력했다. 할아버지의 SNS에는 〈유어 라이프〉에 대한 내용도 있을 수 있었다. 할아버지의 이름이 흔한 이름은 아니었기 때문에 쉽게 찾을 수 있을 것 같았다. 검색 결과가 길게 나열됐고 예연은 프로필 이미지들을 집중해서 살폈다. 하지만 할아버지로 추정되는 프로필은 나오지 않았다. 더는 시간을 허비할 수 없다는 생각이 들기 시작할 즈음 도트 캐릭터가 그려진 프로필을 발견했다. 자세히 보니 소닉이었다. 예연은 이것이 할아버지의 프로필이라고 직감했고 그 직감이 맞았다.

게시물이 많진 않았다. 대부분 할아버지가 젊던 시절에 어린아버지와 게임을 하는 모습이었다. 예연은 행복하게 웃고 있는할아버지와 어린 아버지의 모습을 보며 자기도 모르게 옅은 미소를 지었다. 하지만 감상에 젖어 있을 시간이 없었다. 마지막게시물이 올라온 날짜를 확인했다. 2044년 10월 말, 〈유어 라이프〉 베타테스트에 참여하기 전이었다. 예연은 그 마지막 게시물을 눌러보았다. '부고 포스팅이 없어서 여기에 글 남깁니다. 형님, 편히 쉬세요.'라는 댓글로 시작해 할아버지를 추모하는 댓글들이 길게 이어졌다. 예연이 마른 침을 삼켰다. 대부분 2045년 1월 3일과 4일에 달린 댓글이었다. 〈유어 라이프〉 베타테스트를 끝낸 직후였다.

아버지가 말한 게임이 정말 〈유어 라이프〉였을까. 마우스 위에 있던 예연의 손가락이 미세하게 떨렸다. 할아버지가 베타테스트에 참여하며 예전과 완전히 달라졌고 스스로 세상을 떠나기까지 했다면 옆에서 지켜보던 아버지로서는 〈유어 라이프〉를 원흉으로 지목할 법도 했다. 예연이 지금까지 조사한 바로도 가능성이 없진 않았다. 의심이 점점 부풀어 올랐다. 예연은 최대한 냉정해지려고 노력했다. 객관적인 증거가 필요했다.

9

하지만 거기까지였다. 한참을 더 검색했지만 의미 있는 자료를 찾기 어려웠다. 처음부터 느꼈지만 당연히 존재해야 할 자료들이 부재하다는 인상이었다. 〈유어 라이프〉에 대한 정보, 2045년 자살률 급증에 대한 분석, 존엄사 유행에 대한 자료 모두. 예연은 누군가 자신이 원하는 자료만 일부러 숨긴 것 같아 약이 올랐다.

의자에 등을 기댔다. 모니터 상단 구석에 표시된 남은 열람 시간을 확인했다. 20분밖에 남지 않았다. 예연은 초조해졌다. 주변만 빙빙 도는 느낌이기 때문이었다. 기분 탓인지 열람실 공기도 탁하게 느껴졌다. 잠시 후 PC에서 새어 나오던 팬 돌아가는 소리까지 멈추자 열람실 안은 진공 상태가 되었다. 숨 막히는 적막이 예연을 옥죄었다. 예연은 지금까지 본 자료들을 다시 검토하기로 했다. 혹시라도 앞서 놓쳤던 것을 발견할지도 몰랐다. 크게 심호흡을 하고 마우스를 다시 움켜쥐었다. 딸각 하는 클릭 소리가 적막을 깼다.

맨 처음 봤던 용가튼의 〈유어 라이프〉 후기를 다시 열었다. 그리고 앞서 대충 훑어봤던 댓글들을 꼼꼼하게 살폈다. 그러다 이런 댓글을 찾았다.

'이 겜 후기 배틀 승자는 이 시리즈인 듯'

후기 배틀. 이 후기 말고도 〈유어 라이프〉에 대한 다른 후기가 있었다는 얘기였다. 그 후기들은 다 어디로 갔을까. 예연은 다시 뒤집어서 질문했다. 왜 이 후기만 남아 있을까. '시리즈'라고 표현한 걸 보면 용가튼이 후속편도 쓴 게 분명했다. 그런데 후속편은 남아 있지 않았다. 왜일까. 입술을 깨물며 다시 용가튼의 후기를 살펴보다가 깨달았다. 이 후기에는 〈유어 라이프〉에 대한 제대로 된 정보가 없었다.

두 번째로 봤던 자료인 이덕천 할아버지 영상을 다시 재생했다. 상식적으로 이 영상이 당시 유일한 〈유어 라이프〉 플레이 영상일 리 없었다. 용가튼의 후기처럼 유일하게 '남은' 영상일 확률이 높았다. 역시 게임 화면이 나오지 않기 때문에 게임에 대한 직접적인 정보가 없었다.

만약 노인 자살과 관련한 자료가 의도적으로 삭제된 것이라면 스노든의 글은 어떻게 살아남은 것일까. 그 글은 음모에 대한 직접적인 폭로였는데 말이다. 그 글이 사실이 아니라는 방증인 것일까.

예연은 스노든의 글을 열어 읽어보았다. 다시 보니 느낌이 왔다. 특수 기호와 이모티콘으로 도배되어 온전한 글자가 거의 없다시피 했다. 이러면 검색에 걸릴 수가 없었다. 예연은 자기도 모르는 사이 모니터에 바짝 다가갔던 고개를 세웠다. 다시 봐도 황당무계한 이야기였다.

그때 스노든의 글에서 유난히 이상한 점을 발견했다. 글 중간 중간에는 모음이나 자음만 있는 탈자들이 어지럽게 흩어져 있었다. 'ㄸ', 'ㅗ', 'ㅣ'… 처음에는 단순 오타인 줄 알았는데 멀리서 보니 패턴이 있는 것 같았다. 예연은 다시 모니터에 얼굴을 들이밀고 탈자들을 살폈다. 단어가 만들어지는 느낌이었다. 침착함을 유지하려고 애쓰며 차근차근 조합을 시작했다. 그러자 곧 무언가가 완성됐다.

'된장 벌째 날갯쭉지 빠스타 레시피.zip'.

은연중에 중요한 단서가 나오길 기대했던 예연은 허탈했다. 허접한 장난에 놀아난 기분이었다. 도대체 누가 알아봐 준다고 이런 장난을 치는 걸까. 어쨌든 뭐라도 완성이 된 것을 보면 의도를 가지고 탈자를 넣은 것은 확실했다. 예연은 한 번 더 속는 셈 치고 '된장 벌째 날갯쭉지 빠스타 레시피.zip'를 검색창에 넣었다. 워낙 괴상한 조합인 데다 오자도 있어 큰 기대는 없었다.

그런데 놀랍게도 검색어와 100퍼센트 일치하는 웹페이지가 나왔다. 포스팅된 게시물이 하나밖에 없는 썰렁한 블로그였다. 게시물에는 아무 내용 없이 같은 이름의 첨부 파일만이 올라와 있었다. 파일을 내려받아 압축을 해제하자 이번에는 몇 장의 이미지 파일이 나왔다. 예연은 정말 음식 레시피가 담긴 이미지가 나오면 어쩌나 하는 생각마저 들었다. 그러면 자신의 한심함을 견디기 어려울 것 같기 때문이었다. 조심스럽게 파일을 열었다. 메신저 대화 내용을 캡처한 이미지들이었다.

[S] 나왔죠?

[J] 네… 나왔습니다.

[S] ㅋㅋㅋ그렇게 안 믿더니.

[J] 근데 더 이상한 게 있었습니다.

[S] ???

[J] 청년들에게 지급되는 영양제도 같이 검사해 봤거든요. 이것도 알고 계셨습니까?

[S] ㅋㅋ지금 저 떠보는 거예요? 그런 짓 하지 마세요.

[J] 죄송합니다. 아무튼 청년 지급 영양제에서도 공식 성분표에 없는 성분이 나왔습니다. 스트루모릭아펜이요.

[S] ㅋㅋㅋㅋ효과도 찾아보셨죠?

[J] 네. 이게 말이 됩니까? 출산율도 만들어진 겁니까?

[S] 뭐 언제는 말이 되는 게 있었습니까. 아무튼 그래서요?

[J] 약사 친구 말이, 공개해 봤자 어차피 요즘은 로봇이 약을 조제하니 프로그램 오류라고 하고 넘어갈 거라더군요.

[S] 그 친구는 믿을 만해요? 제가 분명히 다른 사람과 정보 공유는 하지 말라고 얘기했던 거 같은데…

[J] 어쩔 수 없었습니다. 그리고 정말 믿어도 되는 친굽니다.

[S] 그래서 이제 어떻게 할 건가요?

[J] 최희성 선생과 만나보려고 합니다. 이 방법이 맞겠습니까? 조금만 더 힌트를 주십시오. 부탁드립니다.

10

스트루모릭아펜. 향정신성 약물로 의욕을 고취시키고 긍정적인 사고를 할 수 있게 만드는 효과가 있어 개발 초기에 우울증 치료제로 널리 사용됐다. 하지만 효과가 지나치게 강력해 성격 자체에 영향을 미치기 때문에 사용을 신중이 해야 하는 약물이었다.

예연은 모니터를 멍하니 바라보았다. 아무리 생각해도 장난 같지가 않았다. 누가 이렇게 정성스럽게, 누군가 알아챌 확률도 희박한 장난을 치겠는가. 그렇다고 진지하게 받아들이기에는 너무 영화 같은 이야기였다.

통계청 사이트를 열어 합계 출산율 통계를 확인했다. 실제로

2020년대에 0.7명대로 최저점을 기록한 후, 2040년대 중반을 지나자 급격하게 상승해 2060년대에는 1명대 후반까지 올라갔다. 예연이 살고 있는 지금도 그렇게 유지되고 있었다.

예연의 시선이 영양제 키트가 들어 있는 가방으로 다시 한번 향했다. 저 영양제에도 스트루모릭아펜이 들어 있을까. 동찬이 아이를 갖고 싶어 하는 마음이 본인의 의지나 예연에 대한 사랑 때문이 아니라 약물에 의해 조작된 것일 수도 있다고 생각하자 소름이 돋았다. 사실 예연도 마찬가지였다. 지금 당장 아이가 갖고 싶지 않을 뿐이지 언젠가는 당연히 아이를 낳을 생각이었다.

머릿속에 많은 질문이 맴돌았다. 스노든은 어떤 사람이기에 악나스트로마이센의 부작용을 관련 논문들이 나오기 2년 전부터 알고 있었던 것일까. 관심 종자로 위장한 내부 고발자가 아닐까. 그렇다면 J는 누구였을까. 인구 조작 음모를 추적하던 사람임은 분명해 보였다. 하지만 결국 이 음모가 폭로되지 않은 것을 보면 J는 실패했다. 스노든은 J가 실패했기 때문에 훗날을 기약하며 대화 내용을 온라인에 숨겨놓은 것일까.

J는 최희성을 찾아간다고 했다. 다시 그 최희성이라는 이름이 나왔다. 예연은 토론 프로그램에서 곤혹스러운 표정을 짓던 최

희성의 얼굴을 떠올렸다. 대화 내용만 봐서는 최희성에게 도움을 청하겠다는 이야기인지 최희성이 음모에 연관되어 있다는 이야기인지 판단하기 어려웠다. 최희성을 검색했다. 그는 운동권 출신의 노인 인권 운동가로, 학생 운동 당시 고문에 못 이겨 동지들의 이름을 누설했다는 죄책감에 민주 정부가 들어선 뒤 쏟아진 정계의 수많은 러브콜을 거절하고 재야에서 NGO 활동에만 전념해 존경받은 인물이었다.

열람 시간이 5분 남았다는 알림 소리가 예연의 귀를 둔탁하게 때렸다. 놀라서 반사적으로 고개를 들자, 열람실 천장 구석에 설치된 카메라가 예연을 응시하고 있었다. 빛이 반사된 카메라 렌즈가 음침하게 반짝였다. 만약 이 음모가 사실이고 현재 진행형이라면 관련 내용을 추적하고 있는 예연 역시 감시당할 수 있었다. 예연은 열람실에 들어오기 전, 검색 기록을 모두 저장한다는 항목에 동의했다는 사실이 떠올랐다. 긴장감에 온몸이 뻣뻣해졌다. 화면 속에서 깜빡이고 있는 가느다란 커서가 자신을 감시하는 뱀의 눈처럼 보였다.

하지만 이미 돌이킬 수 없었다. 걱정을 할 시간에 단서를 하나라도 더 찾는 게 나을 것 같았다. 예연은 최희성과 오민서를 같이 검색했다. 둘이 함께 찍은 사진이 여러 장 나왔다. 그중 한

장의 사진에는 최희성, 오민서를 비롯한 대여섯 명의 사람들이 강당에서 함께 찍은 모습이 담겨 있었다. 행사 안내 현수막이 배경에 걸려 있는 사진 속에서 낯익은 남자가 최희성 옆에 서서 환하게 웃고 있었다. 그는 전 대통령인 성준환이었다.

성준환. 대한민국의 24대 대통령으로, 그의 재임 기간은 2042년부터 2047년이었다. 예연의 손이 빨라졌다. 성준환과 최희성을 같이 검색하자 성준환이 존경하는 인물로 최희성을 언급한 기사들이 검색됐다. 다시 열람 시간을 확인했다. 1분이 채 남아 있지 않았다. 예연은 이를 악물고 남은 시간 동안 무엇을 해야 좋을지 생각했다. 그리고 앞서 본 사진을 다시 띄웠다. 최희성, 성준환 같은 거물들이 참여한 이 자리는 어떤 행사였을까. 무슨 강연 같아 보이기도 했다. 배경에 있던 현수막을 자세히 살폈다. 현수막의 앞부분은 사진에서 잘려 있어 뒷부분만 읽을 수 있었다. '…운 죽음'. 그때 오민서와 영숙 할머니의 모습이 섬광처럼 떠올랐다.

"한번은 제가 선생님께 물어봤어요. 편안함이 뭐냐고요. 그랬더니 '자연스러운 상태를 말하는 게 아닐까?'라고 하셨어요."

"의학 때문에 수명이 아주 길어졌는데 이게 사실 '자연스러운'

게 아니에요.”

"이렇게 인위적으로 수명을 늘려놓은 것이기 때문에 그대로 하염없이 살지 말고 우리가 스스로 끝날 때를 정해야 한다는 겁니다.”

자연스러운 죽음. 인위적인 개입으로 길어진 인간의 수명을 자연스러운 상태로 돌린다. 인구 조작 음모 세력이 명분으로 내세울 만한 이야기였다. 그때 열람 시간 종료를 알리는 '삐-' 소리가 신경질적으로 울리며 PC가 자동 종료됐다. 화면이 꺼진 검은 모니터에 예연의 모습이 흐릿하게 뭉개져 반사됐다.

예연은 열람실을 나와 빠르게 서가를 통과했다. 아까보다 거리가 2배는 멀어진 느낌이었다. 예연은 밖에 나가서 해야 할 일을 생각했다. 우선 현재 지급되는 영양제에도 악나스트로마이센과 스트루모릭아펜 성분이 있는지 알아봐야 했다. 대구에서 발견된 아타락시아7도 직접 확인해 봐야겠다고 생각했다.

그때 예연의 시야에 누군가 걸렸다. 저 멀리 복도 끝에 직원으로 보이는 남자가 안내 키오스크를 만지고 있었다. 잠시 후 인기척을 느낀 것인지 남자가 예연 쪽으로 고개를 돌렸다. 남자는 시선을 거두지 않고 계속 예연을 응시했다. 40대 정도 되어 보이는, 입술이 유난히 얇은 남자였다. 거리가 가까워지자 남자는 원래 예연을 알던 사람처럼 슬쩍 미소를 띠며 가볍게 묵례했다. 기분 나쁜 미소였다. 예연은 남자의 시선을 애써 외면하며 빠르게 지나쳤다. 남자에게서 풍기는 과한 우디 시프레 향이 예연의 코를 어지럽혔다.

　라커로 이동해 입장 때 맡겼던 모바일 기기를 꺼냈다. 편집장에게 메시지가 와 있었다. 아타락시아7 복구에 실패했다는 내용이었다. 마찬가지로 특집 기사도 취소라고 했다. 예연은 믿을 수 없었다. 아니, 오히려 더 의심스러웠다. 시간이 얼마나 지났다고 벌써 복구 실패라는 결론을 내린단 말인가. 갑자기 화가 치밀었다. 이렇게 된 이상 절차고 뭐고 그냥 내질러야겠다고 마음먹었다. 예연의 구두 굽이 대리석 바닥을 때리는 소리가 로비를 가득 채웠다. 누군가의 시선이 예연을 계속 따라오는 기분이었지만 애써 돌아보지 않고 역사관을 빠져나왔다. 등줄기에 흘렀던 땀이 매서운 바람을 맞고 피부에 서늘하게 눌어붙었다.

11

　아타락시아7이 발견된 대구로 가기 위해 다시 대전역으로 갔다. 마침 곧 출발하는 동대구역행 하이퍼루프가 있었다. 예연은 대구로 가는 동안 평소 안면이 있던 약사에게 연락해 영양제 성분 분석을 의뢰했다. 크로스 체크를 위해 친한 기자에게도 믿을 만한 약사를 소개해 달라고 부탁했다. 그사이 하이퍼루프가 동대구역에 도착했다.

렌터카를 타고 대구 구도심을 향하는 동안 예연은 열람실에서 마지막으로 봤던 사진을 떠올렸다. 아타락시아7을 만들고 〈유어 라이프〉의 엔딩 아이디어를 낸 오민서, 아타락시아7에 정부 보조금을 지급해 모든 노인에게 보급한 성준환 모두 최희성의 제자였다. 최희성은 노인 인권 운동가로 왕성하게 활동했다. 그리고 세 사람은 '자연스러운 죽음'이라는 강연에 함께 참석했다.

의문이 꼬리를 물고 계속 이어졌다. 노인들에게 보급된 영양제의 악나스트로마이센은 성준환의 대통령 취임 이전부터 포함되어 있었다. 그렇다면 그건 누가 추진한 정책이었을까. 갑자기 증가한 출산율은 또 이와 어떤 관련이 있을까. 예연은 어쩌면 인구 조작 음모가 예상을 훨씬 뛰어넘는 규모일 수도 있겠다고 생각했다.

그들이 말하는 '자연스러운 죽음'이란 무엇으로 포장해도 결국 범죄였다. 약물을 사용하고, 다양한 방법으로 '자연스러운 죽음'이라는 말을 세뇌해, 안락사라는 극단적 선택을 종용하는 방식으로 노인들을 학살한 것이다. 마음속 깊은 곳에서부터 분노가 무겁게 차올랐다. 예연은 반드시 실체를 밝혀내리라 다짐했다.

그때 동찬에게서 메시지가 왔다. 동찬은 점심때 일을 사과하며 저녁을 같이 먹자고 했다. 예연은 어떻게 답장할지 고민했다. 동찬에게 오늘 알게 된 사실을 얘기하는 것이 맞을까. 동찬과는 있는 얘기 없는 얘기 다 하는 사이였지만 오늘 예연이 겪은 일은 달랐다. 고민 끝에 급한 출장 때문에 지방에 와서 저녁은 같이하기 어려울 것 같다고 답을 보냈다.

어느덧 해가 지고 있었다. 창밖으로 이미 유령 도시가 된 동성로의 음울한 풍경이 지나갔다. 그리고 잠시 후 예연은 아타락시아7이 발견됐다는 빌딩에 도착했다. 아포칼립스물에 나올 법한 거대한 폐허였다. 건물에서 나오는 한기 때문인지 몸에 닭살이 돋았다. 인부들은 보이지 않았다. 예연은 현장 사무소를 찾아가 당직 직원에게 기자 신분증을 보여주며 용건을 말했다. 긴장한 탓에 목소리와 손이 떨렸다. 당직 직원은 별다른 이야기를 듣지 못했는지 쉽게 예연을 들여보내 주었다. 아타락시아7은 폐빌딩 옆 공사 현장 컨테이너에 임시로 보관 중이었다. 예연은 사무소를 나가려다 걸음을 멈추고 혹시 오늘 다른 사람들이 찾아온 적이 있는지를 물었다. 직원이 귀찮다는 듯 자기는 모른다고 답했다.

아타락시아7은 잡동사니들과 함께 먼지로 뒤덮여 있었다. 복구를 시도한 흔적은 없는 것 같았다. 예연은 천천히 걸음을 옮겨 아타락시아7 앞에 섰다. 먼지로 뒤덮여 있어도 세련된 모습은 그대로였다. 극도의 불안과 기대감이 예연의 얼굴을 붉게 상기시키고 호흡 또한 흐트러뜨렸다. 주머니에 있는 할아버지의 〈유어 라이프〉 메달을 부적처럼 꽉 감싸 쥐었다.

12

예연은 먼지도 털어내지 않고 그대로 아타락시아7에 앉았다. 차가운 감촉이 전신을 휘감았다. 생체 감지 시스템이 탑재되어 있어 앉자마자 팔걸이 쪽 조명이 들어오며 OS가 구동됐다. 예연은 아타락시아7에 몸을 완전히 뉘었다. 물 위에 둥둥 떠 있는 것처럼 안락했다. 이덕천 할아버지 영상에서 봤던 대로 팔걸이 쪽 버튼을 누르니 상단부에서 후드가 올라와 머리를 서서히 감쌌다. 200도가 넘어 보이는 넓은 화각의 디스플레이 장치에 실버라이닝사 로고가 나왔다. 화면 상단에 뇌파 측정을 위해 뇌를 스캔 중이라는 신호가 떴다.

기계는 멀쩡했다. 복구할 것도 없었다. 역시 거짓말이었던 것이다. 음모가 사실일 확률은 더 높아졌다. 그렇다면 정말 위험한 상황이었다. 시간이 얼마 없을 것 같았다. 예연의 심장 박동이 빨라진 걸 인지했는지 이완 마사지를 받으라는 안내 문구가 화면에 깜빡였다. 안내를 무시하고 〈유어 라이프〉 아이콘을 찾아 실행했다. 잔잔한 시그널 음악과 함께 드디어 〈유어 라이프〉가 예연 눈앞에 모습을 드러냈다.

하지만 지금은 게임을 즐길 입장이 아니었다. 자살이라는 선택지가 있는지, 있다면 어떤 체험을 하게 되는지 확인하는 게 우선이었다. 용가튼의 후기에서처럼 가장 마지막 세이브 파일을 불러왔다. 2045년 10월 17일 21시 58분에 저장된 파일이었다.

예연의 캐릭터는 히피 스타일의 여성이었다. 게임이 로드된 지점은 침실이었다. 용가튼의 후기를 토대로 옆에 애인 캐릭터가 누워 있길 바랐지만 아무도 없었다. 예연이 애인을 찾았다. 예연의 뇌파를 전달받은 캐릭터가 침대에서 일어나 캐릭터의 애인을 불렀다. 하지만 응답이 없었다. 집을 뒤졌다. 쓸데없이 방이 많았다. 시간이 지나고 있다는 생각에 예연은 초조해졌다.

그때 누군가 "경선아!" 하고 불렀다. 이 캐릭터의 이름인가. 예연이 소리가 난 방향으로 고개를 돌리려는데 누군가 예연을 뒤에서 와락 끌어안았다. 포근한 느낌과 함께 살 내음과 옅은 로션 냄새가 후각을 자극했다. 후각 재현 기술이 탁월했다. 남자 캐릭터가 뒤에서 예연을 껴안은 채로 "생각해 봤어?"라고 물었다. 예연이 기다리던 선택지가 나와 다행이었다. 빠르게 승낙을 선택하고 '이벤트로 바로 넘어가기'를 고르자 컷이 전환되면서 공간이 침실로 바뀌었다.

애인 캐릭터가 옆에 누워 예연을 애틋하게 바라보고 있었다. 머리는 백발이지만 아이같이 개구진 눈빛을 가진 호감형의 남자였다. 예연의 생체 리듬이 게임에도 반영되는 것인지 남자가 예연에게 긴장되느냐고 물었다. 아직 마음의 준비가 되지 않았으면 천천히 해도 된다고 했다. 예연은 괜찮다는 미소를 지어 보였다. 남자가 예연의 손을 꼭 잡았다. 용가튼의 후기처럼 실감 나는 감촉이 느껴지진 않았다. 후각 재현 기술에 비해 실망스러운 촉각 재현 기술이었다. 손을 제대로 잡은 게 맞는지 보려고 손 쪽으로 시선을 돌렸다. 남자와 예연의 손목에 각각 회색 패치가 부착되어 있었다. 안락사 장치인 듯했다. 남자가 예연에게 사랑한다고 말했지만 귀에 들어오지 않았다. 남자가 느리게 눈을 감았고, 이제 시작이구나 싶어 예연도 심호흡을 하며 눈을 감았다. 이제 할아버지가, 이덕천 할아버지와 영숙 할머니가, 그리고 당시의 수많은 노인들이 했을 경험을 예연도 하게 되었다. 마음이 진정되지 않았다. 자신의 생체 리듬을 감지해 애인 캐릭터가 의식을 중단하면 어쩌나 하는 걱정마저 들었다.

그 순간, 온몸에 찌릿한 자극이 강하게 퍼졌다. 예연의 몸이 크게 한 번 들썩였다. 그러더니 곧 자극이 사라지면서 몸에서 무언가가 같이 빠져나가는 느낌이 들었다. 예연의 몸이 한없이 비워졌고 그 비워진 공간을 순식간에 기분 좋은 나른함이 가득 채웠다. 예연이 살면서 경험한 어떤 감각보다도 압도적이었다. 낯설었지만 예연이 마치 오래전부터 바랐던 궁극의 상태에 도달한 기분이었다.

예연은 자신이 여기에 온 목적을 잊지 않으려고 애썼다. 냉정함을 되찾으려고 안간힘을 썼다. 하지만 뜻대로 되지 않았다. 이 컨테이너에 가지고 들어왔던 모든 의심과 분노, 흥분이 점점 희미해지고 있었다. 예연의 마음에 어지럽게 떠다니던 할아버지와 아버지, 오민서와 최희성의 얼굴도 잘 떠오르지 않았다. 마지막으로 남아 있던 예연의 이성이 당장 아타락시아7에서 몸을 일으켜 빠져나오라고 소리쳤지만 무無가 되어가는 쾌감이 그마저 쉽게 녹여버렸다.

잠시 후 컨테이너 문이 열리는 듯한 소리가 희미하게 들려왔다. 예연은 어렴풋이 자기 주위로 모여드는 인기척을 느꼈다. 웅성거리는 소리가 들리는 것 같기도 했다. 하지만 이젠 아무 상관 없었다. 이걸 뭐라고 부르든 예연은 그저 이 상태를 영원히 유지하고 싶을 뿐이었다. 어디선가 우디 시프레 향이 강하게 느껴졌다.

사람도 아닌데

김지원

본 작품은 SBA 서울애니메이션센터의 제작 지원을 받아 기획되었습니다.

1

콰과쾅~! 여의도 하늘을 가로지르던 화물 드론이 추락했어요. 요란한 굉음에 놀라 가던 걸음을 멈춰 섰죠. 드론이 추락한 자리에선 벌써 시커먼 연기가 피어오르고 있었어요.

"사람은… 아무도 안 다친 거 같지?"

눈치 빠른 누군가가 사태를 파악했어요. 다행히 빈 공원 부지에 화물 운송용 드론이 떨어진 거였어요. 그땐 아직 교통용 드론이 허가 나기 전이었으니까, 인명 피해는 전무하단 뜻이었죠. 사람들은 안도의 한숨을 내쉬었어요. 그때였어요.

푸슈숙- 펑! 펑! 펑! 폭약이 터지며 짙은 여름밤 하늘 위로 형형색색의 근사한 불꽃이 피어올랐어요. 하필 그 화물 드론이 떨어진 곳 옆에 폭약 창고가 있었던 거예요. 곧 있을 여의도 불꽃놀이를 위해 보관해 뒀던 폭죽이 며칠 앞서 밤하늘을 아름답게 수놓았죠. 예상 밖의 이벤트에 놀란 행인들 모두가 어린아이 같은 얼굴이 되었어요. 예정된 불꽃 축제보다 훨씬 더 낭만적이었죠. 그때 내 옆에 서 있던 어떤 남자가 혼잣말처럼 말했어요.

"예뻐요."

난 아무런 경계심 없이 순진하게 대답했어요. 맞아요. 정말 멋진 불꽃놀이에요. 그러자 그 남자가 약간의 의아함을 띤 얼굴로 다시 내게 말했죠.

"예쁘다고요."

그게 무슨 말이냐는 듯 남자를 바라봤어요.

"지금 그쪽이 너무…"

팡- 팡- 터지는 화려한 폭죽 아래, 그 남자는 사랑에 빠진 얼굴로 날 바라보고 있었어요. 아직도 생생해요. 약간은 멍하면서도 발그레 상기됐던 그 얼굴이요. 맞아요. 그 남자가 바로 김진오. 내 남편이에요.

변호사님 또래가 듣기엔 경악스러운 옛날이야기 같겠죠? 하지만 그 시절까지만 해도 종종 이렇게 수작을 부리는 청춘남녀가 있었답니다. 우린 예상치 못한 불꽃놀이처럼 그렇게 급작스럽고 로맨틱하게 시작했죠. 그때 고백을 받아준 걸 후회하냐고요? 아뇨. 지금도 내 선택을 후회하지는 않아요. 비록 지금은 이렇게 이혼 변호사를 찾아온 꼴이 되어버렸지만.

왜 그렇게 보세요? 남편이랑 이혼하려는 여자는 전부 다 남편 머리채를 잡아야 하나요? 그런 건 너무 상투적이지 않아요? 난 진심으로 그 남자도 한땐 좋은 인간이었다고 생각해요. 그 시절의 날 구원해 준 사람이었으니까. 만약 그 사람이 내 인생에 그냥 그렇게 스쳐 지나간 타인 중 하나로 남았다면 우리 딸 파도도 만나지 못했을 테고요.

내가 가장 아름답던 시절에 그 남자를 만났고 3년을 불같이 사랑하고 결혼해서 파도를 낳았죠. 그러니까 자그마치 20년이에요. 내 배 속에 품고 낳은 아이가 걸음마를 시작하고, 학교에 들어가고, 중학생 소녀가 되도록 그 오랜 시간을 난 파도 아빠와 한집에서 살았어요. 그이는 내 인생의 조연이 아니에요. 절대 그럴 수 없죠.

제가 원하는 건 간단해요. 최고 수준의 위자료와 파도에 대한 양육권이요. 물론, 재산 분할도 '공평하게' 김진오 그 사람한텐 단 한 푼도 못 줘요. 그 사람은 어느 날 불쑥 내 삶에 들어왔어요. 그러니까 그때 그 모습 그대로, 내 인생에서 나갈 때도 제

몸뚱이 하나만 갖고 나가야 해요. 전해 듣기론 변호사님이 업계 최고 실력자라면서요? 내가 원하는 대로 해줄 수 있겠죠? 내 생각엔 이건 전혀 무리한 요구가 아니거든요. 근거를 들어볼까요?

우선 김진오는 유책 배우자예요. 그 사람이 바람 나서 가정을 내팽개친 거라고요. 그런 남자한테 어떻게 양육권을 줄 수 있겠어요? 김진오는 딸이고 마누라고 나 몰라라 하고 '그런 거'랑 살겠다고 먼저 이혼을 요구한 파렴치한이에요. 파도는 내 딸이니 내가 키워요. 심지어 우리가 처음 만났을 때, 아니 나와 결혼할 때까지만 해도 김진오는 돈 한 푼 없는 거렁뱅이였어요. 셰프가 되고 싶다는 가난한 청년의 꿈을 실현시켜 준 게 누구겠어요? 바로 나예요.

아시겠지만 전 젊어서 꽤 까다로운 아티스트였어요. 아무 무대에서나 함부로 노래를 부르지 않았다고요. 앨범과 콘서트로만 소통하는 가수가 되고 싶었거든요. 뭐, 다들 알다시피 그때 난 그럴 만한 자격이 충분했고요. 무명 시절 없이 바로 탑을 찍었고 전 국민이 사랑하는 보컬리스트의 자리에 올랐잖아요. 그때 난 이미 넘치는 인기를 누리고 있었고, 일부러 무리할 필요가 없는 위치였어요. 하지만 결혼하고 몇 년간은 찬밥, 더운밥 가리지 않았어요. 돈을 받고 노래를 부를 수 있는 곳이라면 어디든 가서 내 목소리를 팔았죠. 그리고 그렇게 번 돈으로 그 사람을 뒷바라지했어요. 그 남자는 내가 벌어 온 돈으로 공부하고 쇼핑하고, 공부랍시고 세계 유명 레스토랑의 온갖 진미를 먹을 수 있었죠.

그때야 나도 싫진 않았어요. 내 남자와 내 아이를 위해서라면 얼마든지 희생할 수 있었거든요. 하지만 지금은 상황이 달라졌잖아요? 가정 따위 헌신짝처럼 내팽개치라고 내가 남편을 위해 헌신했던 건 아니니까요. 지금 김진오 그 남자가 요식업계 대부다 뭐다 하는데 그건 8할이 내 덕이에요. 시팔, 내가 무슨 엿 같은 인어 공주도 아닌데… 내 목소리를 팔아서 그 남자의 꿈을 이루게 해줬단 말이에요. 이제 내가 남편한테 최고 수준의 위자료를 받겠다는 이유를 좀 알겠나요?

"잠깐만요, 여해주 씨. 그래도 현재 두 분의 재산을 일구기까지는 남편분 측의 공헌도…"

끼어들지 마세요, 변호사님. 마지막 이유까지 마저 들어요. 가장 심각한 건, 우리 공동 명의로 돼 있는 자산이에요. 지금 현물, 선물, 코인, 부동산까지 전부 공동 명의인 것들이 있거든요. 근데 특히 부동산이 복잡해요. 지상 부동산과 해저 부동산, 버추얼리얼리티 부동산까지 합하면 꽤 되거든요? 난 그 돈, 한 푼도 김진오에게 넘겨줄 수 없어요. 처음에는 그이도 내게 동의했어요. 외도한 건 본인이고 과실이 자기에게 있으니, 자기 사업체를 제외한 모든 재산을 나한테 넘기겠다고요. 그런데 인간이란 게 참 간사하죠? 얼마 못 가 곧 말을 바꾸더라니까요.

'심플 이즈 더 베스트. 어려운 선택일수록 단순하게 생각하는 게 좋아.'

그 사람이 입버릇처럼 하는 말이죠. 나는 말하자면, 일종의 햄릿형 인간이에요. 생각이 지나치게 많고 그걸 생각에 옮기기까지 시간이 걸리는 사람이란 말이에요. 하지만 남편은 나와 늘 반대였어요. 단순하게 생각하고 과단성 있게 결정하라고 말하곤 했죠. 중요한 문제일수록 해답은 간단하다나요. 그래서 나한테 엿을 먹였나? 이혼도 그따위로 단순하게 생각한 결과였나 보죠? 아, 욕한 건 미안해요. 하지만 제가 지금 진정하게 생겼어요? 아니 그 인간이 단세포가 아니라면 어떻게… 파도 보기에 창피한 줄도 모르고 '그런 거'랑 바람을 피울 수 있냐고요?

"그 문제는 차차 얘기하시죠. 일단은 진정하시고… 다음 미팅 시간을 잡아볼까요?"

후, 알겠어요. 다음 일정은 매니저를 통해서 연락 줄게요. 아무튼 우리 변호사님은 내가 얘기한 조건들에 유념해서 재판 전략을 고심해 주셨으면 좋겠어요. 그런데 변호사님은 나이가 어떻게 돼요? 아, 내가 원래 이런 걸 물어보는 사람은 아닌데… 화상으로 보고 있어서 그런가 굉장히 젊어 보여요. 경력이 꽤 되는 걸로 아는데 외모는 무슨 20대 같네요. 로스쿨 학생이라고 해도 믿겠어요.

"하하하, 칭찬 감사합니다."

오해하진 마세요. 립서비스 같은 거 아니니까요. 난 그런 거 돈 주고 하래도 못 해요. 난 가수지, 배우가 아니잖아요? 내가 지나치게 뻣뻣하다고 하는 사람들도 종종 있지만 어쩌겠어요. 천성이 뭘 꾸며내는 걸 못해요. 직설적인 편이죠.

음… 생각해 보면… 그래서 김진오가 '그런 거'랑 바람을 피운 걸 수도 있겠죠. 내가 채워주지 못하는 부분을 '그게' 너무 잘 해줬을 테니까요. '그게' 어떻게 생겼는지 본 적 있어요? 외모가 그냥 파도 또래로밖에 안 보인다니까요. 몸매도 당연히 좋고 피부도 아주 탱탱하고요. 특히 내가 놀랐던 건 눈빛인데요. 아직 세상이 궁금한 열일곱 살처럼 눈망울을 환하게 빛내고 있더라고요. 미친놈, 어떻게 딸같이 보이는 '그런 거'랑 살겠다고… 그렇게 잘난 척하던 김진오도 결국 똑같은 수컷일 뿐이란 증거 아니겠어요? 그동안 '그거'한테서 얼마나 달콤한 말만 들었을까요? 밤엔 또 얼마나⋯ 아우, 내가 늙어서 주책이지. 나도 어쩌다 보니 이렇게 늙어버렸지만, 그래도 다행히 아직 분별력은 남아 있답니다. 여기까지만 하죠. 일정 잡히면 연락 주세요.

2

'재판 중에 돌이킬 수 없는 상처를 받는다면, 그건 이겨도 이긴 게 아닙니다.'

이게 변호사가 할 말이야? 무슨 변호사가 그렇게 오지랖이 넓대? 변호사야 내가 상처를 받든 말든 재판에서 이기기만 하면 되는 거지. 이번 재판으로 내가 마녀사냥을 당하든 말든 알 게 뭐냐고. 막말로, 내가 저희 로펌 보스한테 변호사가 재판을 재고해 보랬다고 고자질이라도하면 어쩌려고?

"엄마가 안 이를 걸 알았나 보지."

그래. 자기도 생각이 있었겠지. 재판이 코앞인데 내가 뭘 어쩌겠나 싶어 배짱을 부린 건가? 근데 이건 내가 얼굴 좀 알려진 사람이라고 날 무시하는 처사 아니야?

"그건 아닌 거 같은데. 내가 보기엔 엄마를 믿는 것 같아. 벌써 둘 사이에 비밀이 생긴 거네."

비밀? 얘는, 그게 무슨 비밀이야. 그냥 치기 어린 변호사가 오지랖을 떨었고 내가 고상하게 넘어가 준 거지.

"근데 그 사람 진짜 캐릭터 특이하네. 그 변호사는 어떻게 고른 거야?"

네 아빠가 소개해 줬어.

"아빠? 아빠가 엄마한테 변호사를 소개해 줬다고?"

뭘 그렇게 놀라? 그럼 내 주위에 너 하고 네 아빠 말고 내가 믿을 만한 사람이 누가 있어. 알아, 나도 이상한 거. 위자료랑 양육권 내놓으라고 싸우는 재판에서 남편이 추천한 변호사를 데려오는 여자는 세상에 나뿐일걸. 그래도 최종적으로 그 변호사를 선택한 건 내 결정이었어. 네 아빠가 여럿 소개해 줬거든. 그중에 이 변호사가 제일 괜찮아 보여서 고른 거야. 실적도 훌륭하고 두루두루 평판도 좋고.

"엄마는 좀 너무… 순진한 거 아냐? 그 변호사가 아빠랑 한패 먹으면 어쩌게?"

네 아빠 몰라? 재판에서 졌으면 졌지, 그런 더러운 수작을 부릴 인간은 아냐. 김진오 자존심이 얼마나 대단한데 그런 건 스스로 용납 못 하지. 어차피 그 인간은 재판에서 질 거란 생각조차 안 하고 있을 거야. 네 아빠 언제나 아주 당당하잖아. 확신범 같은 거지. 우리가 이혼까지 이르게 된 데에 본인 잘못은 전혀 없다고 믿으니까. 두고 봐. 법정에서도 뻔뻔하게 고개 빳빳이 치켜들고 있을걸?

근데 너 내일 진짜 안 올 거야? 가만 보면 파도 너는 그냥 강 건너 불구경하듯 굴더라. 너 그러다 네 아빠랑 그 AI하고 같이 살게 되면 어쩌려고 그러니. 설마 너, 그걸 바라는 건 아니지?

3

'모든 국민은 인간으로서의 존엄과 가치를 가지며 행복을 추구할 권리가 있습니다. 따라서 원고 여해주 씨와 이혼하고 여성 형 안드로이드 연희와 재혼하겠다는 피고 김진오 씨의 권리도 존중받아 마땅합니다.'

남편의 변호사가 이렇게 주장했어요. 그럼 내 행복은요? 내 딸 파도 행복은요? 세상이 미쳐 돌아가고 있는 거예요. 하나뿐 인 딸내미랑 조강지처를 버리고 AI와 재혼하겠다는 남자의 행 복권이라는 게 가당키나 한 소린가요? 별걸 다 권리라고… 기자님이 나라면 기분이 어떨 것 같으세요? 뻔뻔하게 그지없는 소리죠. 저는 이게 다 남편한테 그 연환가 뭔가 하는 AI를 보낸 델포이사社 때문이라고 생각해요. 델포이 오너가 그이 고향 친구거든요? 그놈, 아니 델포이 오너께서 프로토타입 AI라는 걸 내 남편 앞에 가져오지만 않았어도 이런 사달은 안 났다고요.

"저도 재판을 보았는데, 여해주 씨 변호사는 안드로이드와 바람을 피운 김진오 씨의 책임을 사법 제도가 외면해선 안 된다고 주장했습니다. 그걸 인정하고 안드로이드와 피고가 꾸린 가정으로 아이를 보낸다면 사회의 근간을 흔드는 판결이 될 거라고 하더군요."

백번 맞는 말 아닌가요? 인간이 AI와 혼인하겠다는 건 그야말로 불온한 욕망이라고요. 이 말은 꼭 기사에 써주세요.

"특히 지금 화제가 된 게, 여해주 씨가 재판에서 증거로 제시한 김진오 씨의 포르노 시청 기록입니다. 꼭 그렇게 은밀하고 개인적인 정보를 들춰서 배우자를 공개적으로 망신 줘야만 했느냐는 여론도 있는데요."

첫째로, 김진오는 더 이상 내 배우자가 아니에요. 둘째, 난 김진오 씨를 망신 주려는 의도가 아니었어요. 내 딸과 내 권리를 지키려는 의도 말고는 없었다고요. 내 자식과 내 돈을 전부 빼앗기게 생겼잖아요. 안 그래요, 기자님?

"남편 측의 부당한 주장에 대한 방어였다는 말씀이시죠?"

네. 제 변호사가 그러더라고요. 우리가 재판에서 이기려면, 델포이에서 애아버지의 개인적인 정보를 활용해 의도적으로 여성형 안드로이드를 보냈다는 점과 파도 아빠가 그 AI한테 놀아날 만큼 몰지각하다는 점을 입증해야 한다고요. 그래야 재판부에서도 사리 분별 못 하는 김진오 씨의 양육권을 인정하지 않을 테니까요.

"김진오 씨와 델포이사가 여해주 씨의 권리를 부당하게 침해했다고 생각하십니까?"

물론이죠. 그 가증스러운 AI를 만나고 사람이 180도 바뀌었어요. 다들 알다시피, 이 재판으로 자기 몫의 재산을 나눠 받으면 그걸 몽땅 델포이에 기부하겠다고 했죠. 마누라가 이쁘면 처가댁 말뚝에 절을 한다는 말은 들어봤어도, AI가 이쁘다고 제조사에 전 재산을 갖다 바치겠다니! 그게 말이나 돼요? 본인은 우리 가족을 위해 사는 거라며, 그래서 밤낮없이 고생하는 거라고 생색낼 땐 언제고… 우리끼리 얘기지만 델포이 거기, 알 사람은 다 알잖아요. 첨단 테크 기업인 양, 미래 산업의 구원 투수인 양 굴지만 실은 국민들 빅데이터로 장사하는 양아치 집단이라는 거요.

"김진오 씨 쪽에서는 재산을 적극적으로 증식시킨 데 본인의 공로가 더 크다는 입장이던데요."

남편 사업이 잘되면서 우리 재산이 늘어난 건 사실이에요. 아시죠? 그 사람 회사에서 빅데이터 시스템을 활용해 가정용 레토르트 메뉴에 혁신을 가져왔잖아요. 파도 아빠가 처음 가계에 보탬을 준 건 10년 전쯤에 곰팡이 단백질로 대체육 개발에 성공했을 때였어요. 그래봤자 그리 큰돈은 아니었죠. 근데 이어서 배양육 햄버거가 터지면서 그야말로 새로운 먹거리를 개척한 선구자 대접을 받게 된 거예요. 재배, 유통, 조리, 서빙에 전부 딥러닝을 기반으로 한 인공 지능 시스템을 도입하면서 국내 외식 문화가 근본적으로 달라지는 토대를 마련했다며 칭송받기 시작했고요.

덕분에 그 사람은 수년간 쫓기듯 일만 했어요. 난 그게 다 파도를 위한 거라고 생각하며 가정에 소홀한 남편을 이해해 왔고요. 이렇게 뒤통수를 맞을… 아, 괜찮아요. 아니요. 안 울어요. 눈물이 아깝죠.

"다시 재판 얘기로 돌아가도 될까요?"

재판이야 뭐, 이미 그 많은 기사들에 보도된 대로예요. 우리 변호사가 사전에 협의된 대로 말했어요.

'피고 김진오 씨의 포르노 시청 기록을 증거로 신청합니다!'

우리 변호사가 그렇게 말하니까, '포르노? 야동이 증거라고?' 하면서 방청석이 술렁이더라고요. 몇 사람은 아예 웃음을 터뜨리기도 했어요. 그치만 우리 변호사는 동요하는 것 하나 없이 진지하게 임했죠. 그리고 바로 홀로그램 영상이 재생됐어요. 그걸 보는 여자 배석 판사는 자기도 모르게 얼굴을 찌푸렸죠. 어떤 여자가 구역질이 나지 않겠어요.

"법정에서는 홀로그램 영상을 통해 델포이가 김진오 고객의 포르노 선택 기준을 범주화하고, 그의 취향에 맞는 배우의 외모를 통계화해 페이스 합성 기술로 안드로이드의 얼굴을 만드는 장면이 펼쳐졌지요."

맞아요. 포르노 모델들의 외모가 점차 AI 연희의 얼굴에 가깝게 구현되고, 심지어 목소리와 걸음걸이, 몸동작까지 맞춤형으로 리모델링되니까 여기저기에서 감탄이 터져 나왔어요. 때맞춰 우리 변호사가 앞으로 나섰죠.

"무작위로 선택된 우연한 만남이 아닙니다. 그녀는 분명 원고 김진오 씨에게 호감을 얻을 수밖에 없는 외모로 제조됐습니다. 더 무서운 건 단지 외모뿐만이 아니라는 겁니다."

변호사가 능숙하게 질문을 이었어요.

"누군가에게 호감을 얻어내기 위해서는 어떠한 정보가 필요할까요?"

화면에 김진오에 대한 각종 빅데이터 통계가 시뮬레이션 됐어요. 소비 기록, 이동 동선, 기부 기록, 투표나 뉴스 기사 클릭을 통해 추론한 정치적 성향, 예술적 취향, 선호하는 유머의 패턴까지 몽땅 다 파악해 '인격'과 '개성'이라 불릴 만한 인간적 특성을 만드는 방법이 재현됐죠. 다 알고 있었는데도 새삼 나도 소름이 끼치더라고요. 그러고 나서 박변이, 그니까 우리 변호사가 말했어요. 우리에게는 저마다 취향이라는 게 있고 무의식적으로 선호하는 인간의 유형이 있는데, 델포이는 어떤 취향이든 100퍼센트 사용자 맞춤형 안드로이드를 제작할 수 있다는 걸요. 그 시점에 이르자 판사도 미처 표정을 다 숨기지 못하더군요. 그때 우리 박변이 최후의 일격을 날린 거죠.

"델포이와 같은 다국적 대기업이, 당신의 배우자에게 이렇게 빅데이터를 이용해 치밀하게 설계한 트로이 목마를 보낸다면 막아낼 자신이 있으십니까? 과연 우리의 신성한 결혼의 약속이 끝까지 지켜질 수 있을까요?"

유혹에 최적화된 AI가 내 배우자를 꼬신다! 그런 스토리를 노골적으로 전개한 거죠. 사람들은 델포이가 고의적으로 진오 씨의 환심을 사게끔 프로그래밍한 AI를 제공했고, 그게 우리 결혼이 파탄 난 결정적 이유라는 걸 알아야 해요. 아, 근데 기자님. 이거 어디까지 기사로 나가죠?

"혹시 정정하고 싶은 부분이 있으신가요? 재판에 불리하게 적용될 것 같아 걱정되시는 거면 사전에 조율 가능합니다."

그럼 이건 오프더레코드로 해주세요. 솔직히 처음에 우리 변호사가 이런 변론 계획을 말했을 때만 해도 난 걱정을 했어요. 파도 아빠가 비윤리적인 AI 제조사의 계략에 빠져 처자식을 버리고 AI 제조사에 재산을 넘기려 한다고 주장한들 그게 우리 재판에서 효과가 있을까 싶었거든요. AI가 인간의 이성을 위협한다는 공포를 사람들에게 심어줘서 나한테 유리한 게 뭔데요? 내가 이렇게 불평불만을 늘어놓으니까 박변이 그러더라고요.

'이 재판이 단순한 부부간의 재산 및 양육권 분쟁으로 가선 안 됩니다. 그럼 여해주 씨가 이길 수 없어요. 인간과 안드로이드의 대결이라는 프레임을 씌우는 게 해주 씨에게도 유리하죠.'

제가 고른 변호사지만 정말 똑똑하죠. 나는 감정적이라 그런가 이런 전략을 만들어 내는 게 참 신기하더라고요. 법정이 되게 딱딱하고 엄숙해 보이잖아요? 이성적인 사람들이 치밀하게 진실을 도출해 내는 것 같고요. 그런데 사실 그게 아니더라니까요. 인간은 늘 그놈의 감정이 문제예요. 이성? 논리? 당연히 그런 것도 있어야죠. 그치만 결국은 인간의 마음을 와락 움켜쥐고 마구 흔들어야 해요. 역사상 지금 우리 사회처럼 사람들이 할 일이 없던 때가 또 있었나요? 전문가들도 전부 입을 모아 말하잖아요. 이렇게 많은 잉여 인간이 만들어진 적이 없다고요. AI 덕분에 노동에서 해방된 인간들이 할 게 뭐 있어요? 여가 생활 중 하나가 이따위 선정적인 재판 시청이 된 거죠. 이렇게 구경거리가 된 재판에서는 그 감정이라는 걸 잘 이용하는 변호사가 적어도 여론전에서는 이기는 거예요.

'비단 이 부부만의 문제가 아닙니다. 이러한 안드로이드 기술이 상용화된다면 곧 여러분께도 위협이 닥치는 것이나 다름없습니다. '연희'와 같은 안드로이드는 결국 인간의 판단력을 흔들고 가정을 붕괴시켜 사회 혼란을 야기할 겁니다.'

우리 변호사 진짜 말 잘하지 않았어요?

"하지만 결국 1심에선 패소하셨죠."

기자님은 말을 참 직설적으로 하시네요. 맞아요, 졌죠. 그치만 여기서 패소했다고 내가 진 건 아니에요. 아직 재판을 더 할 수 있잖아요.

"패소한 이유가 뭐라고 생각하시나요?"

그거야 김진오 그 사람이 감성팔이 쇼를 아주 잘한 덕분이죠. 그 비서 애가 정말 가증스럽게 연기 잘하더라고요. 증인석에 나왔던 그이 회사 비서요.

'증인의 말은 피고 김진오 씨가 사전에 모든 사항을 인지하고 있었다는 말이죠? 여성형 안드로이드 연희가 자신의 빅데이터를 이용해 제작됐다는 것을요.'

'네. 대표님은 AI가 자신의 정보를 기반으로 만들어진다는 데에 동의하셨습니다.'

게다가 그 비서 기집애는 파도 아빠가 다 알면서도 AI한테 마음을 준 게 바로 나 때문이라고 했죠. 내가 채워줄 수 없는 감정적인 위로와 격려를 그 AI가 대신해 줬다면서요. 심지어 남편 쪽 변호사는 우리 결혼 생활이 흔들렸던 지난 10년 동안 김진오가 정신과 치료를 받았다며 온갖 기록을 증거로 제출하더라고요. 파도가 상처받는 일은 없게 하자고 약속까지 했는데… 결국 우리도 여느 부부랑 다를 게 없네요.

그런데 기자님, 생각을 해보세요. 그 사람이 정신과에 다녔다면, 그럼 그동안 난 멀쩡했겠어요? 부부의 일은 부부만 아는 거예요. 한 인간을 바라보는 데에는 다양한 관점이 있고, 하나의 이야기를 하는 데에도 여러 가지 방법이 있죠. 판사든 변호사든 우리 부부 사이의 진실은 결코 알 수 없어요. 그게 이 재판의 아이러니 아닐까요? 그 사람이 나를 잔인한 배우자로 만들고 자격 없는 엄마로 몰아갈 거라는 예상은 했어요. 난 아내로서의, 엄마로서의 내 신뢰성을 해치려는 김진오와 그 변호사의 시도가 있을 거라고 생각했고, 당연히 마음의 준비도 하고 있었어요. 하지만 대비하고 있더라도 속절없이 당할 수밖에 없는 일이 있죠. 우리 인생이 대개 그렇듯이요.

'미안해. 나도 연희가 너보다 파도의 엄마 노릇을 잘할 거라고 생각하진 않아. 그건 전적으로 우리 변호사의 전략일 뿐이야.'

재판이 끝나고 복도에서 마주친 김진오가 나한테 사과하더라고요.

"김진오 씨가 여해주 씨에게 사과를 했다고요? 그게 사실입니까?"

내가 없는 얘기를 지어내겠어요? 언론 플레이로 보일 수 있으니 이 부분은 기사에서 빠져도 상관없어요. 하지만 김진오가 나한테 사과한 건 맞아요. 전에 우리가 싸웠을 때 내가 그랬거든요. 평생 파도 얼굴도 못 볼 줄 알라고요. 그렇게 협박하니까 애 아빠가 덜컥 겁이 났대요. 그렇게 걱정하는 남편에게 그쪽 변호사가 최대한 날 몰아붙여야 한다고 설득했다는 거예요. 그이가 거짓말을 한다고 생각하진 않지만… 김진오가 정말 나한테 미안하긴 할까요? 솔직히 그건 모르겠어요. 나한텐 이렇게 말해놓고, 재판이 끝난 직후에 김진오가 집 앞에 몰려든 기자들 앞에서 뭐라고 인터뷰했는지 보셨죠?

'성난 사람들이 망치를 들고 우르르 몰려가 기계를 때려 부쉈다고 혁명을 막을 수 있었나요? 겁 먹은 사람들이 반대한다 해도 어쩔 수 없습니다. 이미 기술은 모든 준비를 마쳤습니다. 새로운 미래는 우리 코앞까지 다가왔고, 그 속도를 늦출 순 있어도 막을 순 없습니다.'

그 사람은 이미 확신하고 있었어요. 나 같은 여자랑 사는 것보다 자신을 위해 완벽하게 프로그래밍된 로봇과 사는 게 낫다고요. 기자님이 보기에도 내가 정말 알코올 중독자 같아요? 배우자에게 정신적인 고통을 안겨주는, 무슨 마녀 같은 여자로 보이나요? 내가 진짜 그런 인간이든 아니든 재판에서 진실은 아무 소용 없었어요. 중요한 건 진실이 아니라 '그럴듯함'이라는 듯이요. 판사가 보기에 더 그럴듯한 주장만이 진실이 되는 거예요. 1심에선 김진오가 더 그럴듯했으니까… 그니까 보기 좋게 이긴 거겠죠?

4

인간은 고독해요. 누구나 인생의 어느 시점에서는 한 번씩 철저히 혼자라고 느끼는 순간이 오기 마련이죠. 살아보니 행복은 모래알같이 금세 빠져나가는데 불행은 내 바짓가랑이를 잡고 매달리더라고요. 세상 누구도 내 고통을 똑같이 느낄 수 없어요. 누구도 내 불행을 온전히 이해할 수 없고… 어머, 내가 너무 청승맞았나요? 와인을 너무 많이 마셔서 그런가? 미안해요 까탈스러운 의뢰인 술주정이나 들으려고 변호사가 된 건 아닐 텐데.

"하셔도 돼요. 얼마든지 속이 후련해질 때까지요."

하하, 듣기 싫으면 싫다고 말해도 돼요. 전에 말한 적 있죠? 난 그런 겉치레를 아주 싫어한다니까요. 변호사님도 와인 한 잔 더 할래요? 음… 왜 그렇게 빤히 봐요? 있잖아요, 전엔 변호사님이 좀 오지랖이 넓은 캐릭터라고 생각했는데, 가만 보니까 그냥 천성이 다정한 것 같아요. 그런 성격은 타고나는 거겠죠?

"노래하는 해주 씨의 목소리를 많이 좋아했어요."

고마워요. 사실 나도 알아요. 사람들이 내 노래는 좋아하지만 '나'라는 사람은 별로 좋아하지 않는다는 거. 내가 가진 반골 기질이랄까요? 그런 유별난 성격을 사람들은 안 좋아하더라고요.

지금도 그렇지만, 어릴 땐 더 시건방졌거든요. 그러다 보니 어느새 세상엔 나에 대한 편견이 생겼더라고요. 제멋대로에 변덕도 심하고 예민한 데다 까다롭고 피곤하게 구는… 좋게 말해서 유별난 아티스트다 뭐다 해주지만 사실 비호감이라는 거죠. 나는 알고도 상관하지 않았어요. 나는 내 방식대로 살겠다는 마음이었죠. 그런데 어느 순간엔 모두가 날 미워한다고 생각이 드니까 견디기가 힘든 거예요. 공황 증세가 왔던 거 같아요. 그게 참 괴로워서 나름대로 해결해 보려고 이렇게 저렇게 노력을 했었는데, 진오 씨가 나한테 그러더라고요.

'얼굴도 모르는 사람들한테 사랑받기 위해 널 바꾸겠다고? 쓸데없는 짓 하지 마. 넌 그런 인간이니까, 그렇게 노래할 수 있는 거야.'

그땐 몰랐는데, 아마 그 말을 듣고 그 남자를 더 깊이 사랑하게 된 것 같아요. 말했잖아요, 김진오는 그 시절의 날 구원해 준 사람이라고요. 차라리 사람이었다면, 그이가 인간과 불륜을 저지른 거라면 지금 같은 이런 배신감은 덜했을까요?

"해주 씨…"

지금 이건 인간적인 위로죠? 고마워요. 변호사님은 손도 마음처럼 참 따뜻하네요. 이럴 땐 이런 인간적인 온기가 도움이 되는 법이죠. 그래요, 이 모든 건 전부 김진오 때문이에요. 나라고 남편을 그 긴 시간 동안 열렬히 사랑했겠어요? 밉고, 싫고, 지겹고, 못마땅하고 그런 순간이야 셀 수도 없이 많았죠. 그렇다고 남편처럼 우리 관계를 포기하진 않았어요. 내 입맛대로 완벽하게 맞춘 AI하고 살겠다는 생각 따윈 해본 적도 없었다고요! 김진오는 늘 이기적이죠. 자기 행복이 최우선이었던 거예요.

사람들은 이런 진실은 전혀 몰라요. 야비하게 나한테 가해자 프레임을 씌웠잖아요. 언제는 모르는 사람들한테 사랑받기 위해 날 바꾸지 말라더니… 남편은 내가 연예계 활동을 하는 동안 생겨난 부정적 이미지를 완벽하게 이용했어요. 그동안은 사람들이 뒤에서 나에 대해 뭐라고 떠들 건 무시하고 살았다지만 지금은 상황이 좀 다르잖아요. 어떻게든 여론 재판에서 호감을 얻어야 하고 판사 눈치도 봐야 하죠. 나와 다르게 평판도 좋고 사람도 좋아 보이는 김진오를 상대로 싸워야 하니까요. 그 남자가 명민하고 인자한 사업가로 이미지 메이킹 한 덕을 이제야 보네요. 사람들 반응 봤어요? 애아버지한테 어떻게 AI와 놀아난 머저리라는 프레임을 씌우냐며 온갖 사람들이 날 비난하고 있던데. 변호사님도 내가 그렇게 괴팍하고 독한 여자라고 생각해요? 뭐, 그렇게 생각해도 내 앞에서 대놓고는 말 못 하겠지만…

"해주 씨는 용기 있는 엄마예요. 딸을 위해 모든 비난의 화살을 감수하는."

그래요… 아우, 미안. 갑자기 왜 눈물이 나나 몰라… 괜찮아요, 고마워요. 아마 그게 사실 내가 듣고 싶던 말이었나 봐요. 최근 들어서 내가 한숨도 못 잤거든요. 스트레스 때문에 숨 쉬는 게 힘들 정도예요. 요즘은 길을 걸어도, TV를 틀어도, 카페에 앉아 있어도 온통 내 얘기뿐이죠. 내가 전 국민의 가십이 된 거예요.

"서커스라고 생각하세요. 지금 우리 사법 시스템은, 타인의 불행을 관음증적인 시선으로 즐기는 서커스나 마찬가지죠. 재판 중계라니, 그게 말이나 되는 짓입니까?"

푸하하, 변호사가 그렇게 법정을 모독해도 되나요?

"당연히 안 되죠."

근데 나한테 그런 말을 하는 이유는?

"와인 한 잔 더 하실래요?"

좋아요. 변호사님도 같이 마셔요.

"해주 씨, 우린 반드시 이길 거예요. 수단과 방법을 가리지 않을 겁니다. 반드시 해주 씨에게 소중한 것들을 지킬 수 있게 해 드릴 거예요."

그렇게 말해줘서 고마워요. 진심이에요. 이 재판은 내 딸 파도와 내 전 재산이 걸린 게임이에요. 판돈은 내가 살아온 인생 전체이고 내 자존심이죠. 그렇지만 나는… 수단과 방법은 가리고 싶어요. 2심에서도 김진오랑 똑같이 거짓말을 해대며 상대를 헐뜯고 치사하게 굴고 싶지 않다는 거예요. 그게 무슨 이율배반적이고 바보 같은 소리냐고 할지 모르겠지만 그게 솔직한 내 마음이에요. 좀 어이없죠?

"전혀 바보 같지 않아요. 해주 씨가 무슨 말을 하는지 알겠어요"

알지만 좀 어렵겠다고 말할 거죠? 그럼 재판에서 이길 수 없다고 엄포를 놓을 테고요.

"아니요. 김진오 씨를 비난하지 않아도 우리가 이길 방법은 충분히 있어요. 해주 씨가 원하면 우린 당연히 그쪽을 선택할 거고요."

그게 어떤 방법인데요?

"그건 나중에 말씀드릴게요. 이해해 주시면 좋겠어요."

왜 남편이 변호사님을 추천했는지 알겠네요. 변호사님이 왜 이렇게 평판이 좋은지도 알겠고… 좋아요. 난 변호사님을 전적으로 믿으니 생각하는 대로 진행해 줘요.

"감사해요. 실망시켜 드리지 않을게요."

우리가 처음 만난 날 변호사님이 나한테 그랬죠. 변호사한테는 솔직해야 한다고요. 나는 가식도 못 떨고 직설적이니까 걱정 말라고 했잖아요. 그런데 사실 거짓말을 했어요. 남편을 만난 걸 후회하지 않는다고 했잖아요. 그런데 지금은 모르겠어요. 기자들이나 파도 앞에서는 늘 최대한 말짱한 척했어요. 불쌍하게 남편에게 배신당한 여자가 아니라, 쿨하고 당당하게 대처하는 멋진 여자처럼 보이고 싶었죠. 근데 생각보다 힘에 벅차요. 술기운인지 약 기운인지 모르겠지만 취한 김에 솔직히 고백할게요. 실은, 그 사람이 너무 원망스러워요. 그 남자는 날 배신한 것도 모자라 이 모든 끔찍한 상황에 날 휘말리게 만들었어요. 전부 그 사람 때문이야. 그래도 다시 말하지만 애아버지를 너무 몰아붙이고 싶지는 않아요. 미친 것 같죠? 다른 변호사였다면 그런 태도로 어떻게 양육권과 재산권을 지킬 수 있겠냐며 날 다그쳤을지도 몰라요. 변호사니까, 충분히 그러고도 남을 수 있죠. 그런데⋯ 변호사님은 이번에도 내 예상을 빗나가네요.

"저는 해주 씨 마음을 알 것 같아요. 그게 인간의 특성이니까요. 양가적인 감정을 품고 비논리적인 선택을 하는 것."

그렇게 말해주니 내가 좀 덜 미친 것 같네요. 어떻게 변호사님은 항상 내가 듣고 싶은 말만 해줘요? 이렇게 나보다 훨씬 어린 사람한테 기대게 될 줄은 몰랐네요… 취했나 봐요.

"해주 씨한테 솔직해 달라고 말했지만 사실 그건 지키기 힘든 약속이에요. 인간은 누구나 가면을 쓰고 살고, 이런 복잡한 세상에서 솔직하게 행동하는 건 너무 어려운 일이니까요. 근데 가끔은 그 가면이 해주 씨를 많이 힘들게 할 수도 있어요. 그럴 땐 지금처럼 마음 가는 대로 털어놓으셔도 돼요. 특히, 제 앞에선 아무 계산도 하지 않아도 괜찮아요."

지금 그 말 진심이에요? 아님 변호사들의 고객 응대 매뉴얼… 뭐 그런 건가?

"하하, 이건 제 가면을 벗고 말한 진심입니다. 믿으셔도 돼요."

음… 그럼 혹시 지금 좀 취한 김에 솔직해져도 될까요?

"얼마든지요."

방금 이렇게 변호사님을 쳐다보는데 문득 이런 생각이 들었어요. '내가 지금 이 남자한테 키스해도 되나?'

5

"그래서 잤다고? 그 변호사하고?"

그래. 그냥 술기운이든 약 기운이든, 무슨 핑계로든 미친 짓을 저지르고 싶었던 것 같아. 아주 막장이 따로 없지. 다음 날 술 깨고 나니까 내가 돌았나 싶더라고. 나보다 절반밖에 안 살았을 그 어린애랑… 나 자신한테 온갖 육두문자를 내뱉으며 머리를 쥐어뜯는데, 그때 딱 그 애한테 메시지가 오더라. 별말은 아니었어. 자긴 취해서 실수한 게 아니다, 해주 씨는 어땠는지 모르겠지만 실수라고 생각한다면 무시해도 좋다, 만약 아니라면 답장해 줬으면 좋겠다… 좀 귀엽지 않아?

"미쳤어! 그래서 어떻게 했는데? 당연히 무시했지?"

아니, 바로 답장했는데? 김진오 그 개자식은 AI하고 바람피우는 마당에 내가 인간 남자랑 못 만날 거 있어? 사람이 참 간사한 게, 그때까지는 그렇게 후회와 자책에 괴로웠는데 그 문자를 딱 보는 순간 머리가 맑아지더라고. 꼬신 건 나지만 그렇다고 넘어온 건 그 애 선택 아니야? 그래, 알아. 객관적으로 보면 미친 짓이겠지. 근데 그 잘생긴 애가 나도 모르는 내 매력을 봤다는데 어쩌겠어? 안 그래?

"언니… 그래도 이건 아니지. 사람들이 알면 뭐라고 하겠어?"

물론 처음엔 나도 점잖게 얘기했지. 내가 술김에 그런 것 같고 잠을 너무 못 자서 잠시 돌아버린 것 같다고. 우리 관계가 변호사와 의뢰인 사이 아니냐, 재판에 좋게 작용할 리 없다, 이 재판이 내게 얼마나 중요한지는 변호사인 당신이 더 잘 알지 않느냐, 이런 상황에서 우리가 연애를 하는 건 가십으로 불리하게 소비되기 딱 좋은 일이다… 찬찬히 알아듣기 좋게 충분히 말했어. 근데 그 애가 참 노련하더라니까. 막무가내로 밀고 들어오는 것도 아니고, 그렇다고 비겁하게 물러서지도 않아. 조심스럽게 배려하면서도 호감을 숨기지 않는 거야. 딱 적당한 감정적 거리를 유지하는 느낌이랄까? 그렇게 다음 재판을 준비하면서 한 달 하고 보름 정도를 그렇게 뜨뜻미지근하게 지냈는데, 결국 내가 못 참고 다시… 그렇게 된 거야. 하하, 우리가 만난다고 해서 내가 재판에서 진다는 법은 없잖아. 그건 그 애가 장담한 거야. 절대 재판에 피해 주지 않겠다고.

"파도는?"

파도도 알아. 알리려고 알릴 건 아닌데… 아무튼 자긴 상관없대. 엄마도 엄마 행복을 찾으라더라. 너 몰랐지? 네 조카가 이렇게 속이 깊다니까?

"언니 좀 신나 보인다? 그럼 벌써 만난 지 꽤 된 거네. 어떻게 이걸 이제야 말해?"

넌 김진오 편이잖아. 너 이거 너희 형부한테 얘기하면 안 된다. 행여나 말실수라도 하지 않게 조심해야 돼. 세상에 우리 관계가 알려지면 당장 얼마나 떠들썩해지겠어? 안 그래도 내가 시후한테 아무래도 재판 때문에 걱정된다고⋯

"시후?"

아, 그 변호사. 이름이 시후야. 내가 너무 재판이 걱정돼서 그냥 여기서 그만하자고 했었거든. 그랬더니 날 다독이는 거야. 이미 우리 관계가 법정에서 이용될 수 있다는 걸 염두에 두고 재판을 준비하고 있다는 거 있지?

"어련하시겠어. 언닌 지금 제정신이 아냐. 스트레스가 너무 심해서 이성적인 판단을 포기한 거라고."

좋을 대로 생각하든지. 참 세상일 모르는 거야. 내가 그 어린 변호사를 이렇게 믿고 의지하게 될 줄이야. 나도 처음엔 이 관계가 얼마나 갈까 싶었어. 쟤가 지금은 저렇게 날 원한다고 말하지만 얼마 만나다 보면 금방 질리겠지. 제 또래의 여자가 만나고 싶고 나랑 비교하게 되고 그럴 수 있잖아. 그래서 그럴 땐 주저 없이 내게 얘기해 달라고 했거든. 난 괜찮다고⋯ 근데 만나면 만날수록, 이런 얘기 좀 우스울 수도 있는데 앤 좀 달라. 김진오랑은 물론이고, 내가 어릴 때 만났던 남자들하고도 너무 달라.

"푸하하하하– 맙소사!"

웃지 마! 그래, 사랑에 빠진 여자들이라면 다 이런 얘기를 하는 거겠지. 하지만 이건 정말이라니까. 내가 지금 무슨 뜨거운 사랑을 바라겠어, 짜릿한 연애 감정을 원하겠어? 그냥 뭐랄까… 지금 느끼는 이 안정감과 충만함이 너무 적절해. 마치 파도 아빠가 갓 구워낸 디저트를 한입 떠먹었을 때처럼 모자라지도 넘치지도 않게 딱 적절한 달콤함?

"사랑에 빠지니 세상이 아름다워 보이나 봐? 이제 재판은 안중에도 없는 것 같은데, 그냥 거국적으로 형부도 그만 용서하고, 둘이 조정으로 합의해."

아니, 그럴 일은 절대 없어. 넌 내가 행복한 게 못마땅해? 너도 김진오가 바람난 게 나 때문이라고 생각하지?

"왜 이래? 시비 걸지 마."

맞잖아! 어차피 맞바람을 피울 거면 그냥 적당히 합의하라는 거 아니야? 하지만 이건 분명히 해야지. 김진오가 날 먼저 배신하지 않았다면 난 이런 상황은 꿈도 꾸지 않았을 거야. 내가 변호사 애랑 연애하는 미친 짓을 벌인 건 다 김진오 때문이라고.

"그니까 그 젊고 잘생긴 애인을 뚝 떨어뜨려 준 형부한테 고마워해야 하는 거 아냐?"

날 비꼬는 게 재밌어? 넌 항상 이런 식이야. 졸지에 애비 없이 자라게 될 조카가 가엾지도, 하나뿐인 언니를 배신한 형부가 원망스럽지도 않아? 그래, 넌 처음부터 늘 항상 그 인간 편이었지. 내가 재판을 걸어서 김진오를 알몸으로 쫓아낼 거라니까 네가 뭐라고 했더라? AI와 살겠다는 게 뭐가 나쁘냐고? 그냥 있는 그대로 형부를 이해해 보라고? 넌 그게 언니한테 할 소리야?

"언니, 갑자기 왜 흥분하고 그래. 진정해. 어쨌든 지금은 모두 좋게 정리됐으니까…"

뭐가 정리돼! 나한테 남자가 생겼으니 끝이라는 거야? 달라진 건 없어. 여전히 김진오는 우리 파도한테 자격 없는 아빠고, 본인이 벌인 짓에 책임을 져야 해. 사람도 아닌 것과 살겠다고 집을 나갔으면, 당연히 지가 여기서 누리던 건 놓고 나가야지! 그게 공평한 거 아니야?

"오해하진 마. 난 그냥 내 생각이 나서 그랬어. 나도 지혜랑 지금처럼 살게 되기까지 너무 힘들었으니까…"

그게 무슨! 너 뭐랑 뭐를 비교하는 거야? 그거랑 이건 다르지. 얘, 지혜는 사람이야. 네 파트너가 남자가 아니라 여자인 것뿐이라고. 하지만 김진오는 사람이 아니라 AI하고 살겠다는 거잖아.

"우리도 사람들 편견에 시달릴 만큼 시달렸어. 엄연히 파트너법이 제정돼 있는데도 엄마 아버지가 나랑 지혜한테 어떻게 굴었는지, 그건 언니가 더 잘 알잖아. 난 형부 입장도 우리 상황이랑 크게 다를 거 없다고 생각해."

야! 너랑은 다르다니까? 김진오 그 인간이 남자랑 살겠다면 차라리 나도 이해하겠어. 근데 그 남자는… 섹스토이를 선택한 거라고!

6

시후 씨, 이럴 땐 그냥 말없이 안아줘요. 너무 창피해. 무슨 생각으로 그랬는지 모르겠어요. 그냥 당신이 너무 좋았나 봐요. 들뜬 기분에 동생한테 얘기해 버리고 만 거죠. 그 애가 날 안쓰럽게 쳐다보는데 그 시선이 너무 싫어서… 김진오만 행복한 줄 알아? 나도 지금 나쁘지 않아. 그렇게 변명하고 어떤 '척'을 하고 싶었던 건지도 모르겠어요. 그 애가 설마 그걸 기자한테 흘릴 줄은 정말 몰랐다고요. 회사에선 뭐래요? 가족들은요? 우리가 연애한다는 게 이렇게까지 엄청난 이슈가 될 줄은 몰랐어요. 미안해요. 동생 말로는 실수라는데, 아니에요. 실수가 아니었을 거예요.

"난 괜찮아요. 해주 씨가 걱정이죠."

걔가 여잔데 여자를 좋아한다는 이유로… 그동안 많이 힘들었거든요. 우리 집은 보수적인 편이라, 동생은 파트너법이 개정된 지 오랜 세월이 지났음에도 축복 속에 결혼하지 못했죠. 부모님 대신 나와 진오 씨만 결혼식에 참석했어요. 부모님은 끝까지 동생과 동생의 반려를 인정하지 않았고요. 그렇게 동생 부부에겐 깊은 상처만 남긴 채 세상을 등지셨죠. 동생도 많이 괴로웠을 거예요. 동생이 커밍아웃하기 전까진 우리 가족도 남들 못지않게 화목했으니까요. 그래서 동생은 AI와 살겠다는 진오 씨가 비난받는 지금 이 상황이 부당하다고 생각해요. 예전의 자기가 생각나나 봐요. 동성애만큼이나 AI와의 사랑도 존중돼야 한다는 거죠. 그런 생각에 우리 얘기도 아마 일부러 기자들한테 흘린 것 같아요. 우리 자매가 이래요. 콩가루가 따로 없죠?

"왜 해주 씨가 나한테 미안해요? 해주 씨를 사랑한 건 나예요."

그렇게 말해줘서 고마워요. 하지만 상황이 다시 역전돼 버렸잖아요. 우리는 재판에서 훨씬 불리할 거예요. 이 모든 게 나 때문이죠… 염치없고 면목 없지만 솔직히 너무 걱정돼요. 더 이상 사람들은 날 조금도 불쌍하게 생각하지 않아요. 이제 난 AI에게 남편을 빼앗긴 가여운 아내가 아니잖아요. 이렇게 젊고 잘생긴 애인을 둔 운 좋은 여자로만 보겠죠. 이젠 어쩌면 좋아요? 우리가 재판에 이기고 파도를 지킬 수 있을까요?

"전에 말한 적 있죠. 해주 씨와 내가 만난다는 사실이 알려지면 재판에서 불리하게 작용할 수 있다고요. 그리고 그걸 대비한 전략도 있다고 했었어요."

기억해요. 하지만 어떻게요? 날 안심시키려고 그냥 한 말인 줄 알았어요.

"해주 씨를 안심시키려 거짓말한 건 아니에요. 그치만 이 방법을 쓰려면 당신과 한 약속을 하나 어겨야 해요. 법정에서 남편을 비난하고 싶진 않다고 했던 얘기요."

그 전략이란 게 진오 씨를 음해하는 거예요? 원고가 재판이 끝나기 전에 젊은 남자와 맞바람 난 건 맞지만, 피고는 훨씬 더 심한 짓을 저질렀다… 그런 식으로 비난해야 한다는 거죠? 혹시 나 몰래 파도 아빠 뒤라도 캤어요? 그 사람한테 다른 여자, 아니 다른 AI가 더 있기라도 해요? 뭔지 들어나 보죠. 아니, 그렇게 할래요. 그게 뭐든 난 그걸 이용할게요. 부동산은 넘겨준

대도 파도를 AI가 키우게 할 순 없어요. 애초에 잘못한 건 내가 아닌데 그 사람 대신 내가 벌을 받을 순 없잖아요. 뭐든 시후 씨가 시키는 대로 할게요.

"해주 씨, 실은 난… 사람이 아니에요."

사람이 아니라고요? 그럼요? 그게 무슨 말이에요. 사람이 아니라니… 그럼 시후 씨가 AI라도 된다는 거예요? 지금 농담할 상황이 아니에요.

"농담 아니에요. 저는 남성형 안드로이드예요."

왜 그래요, 정말. 지금 그 표정은 뭐예요? 설마…

"힘들겠지만 해주 씨는 법정에서 이 사실을 이용해야 해요. 피고와 달리 당신은 아무것도 모르고 안드로이드에게 유혹당한 거니까요. 그럼 해주 씨가 이길 수 있어요."

그니까 지금 당신이 정말 AI라고요? 그게 무슨 헛소리예요! AI가 어떻게… 당신은 변호사잖아요. 재판에서 이기게 도와준다면서요. 날 사랑한다면서요!

"네. 저는 변호사 안드로이드이고, 당신을 유혹하게끔 프로그래밍 된 상태에서 당신을 만났어요."

유혹이라고요? 하, 그럼 당신을 프로그래밍한 게 누구… 델포이? 설마, 아니죠? 당장 아니라고 말해요!

엄마가 예전에 취미로 마라톤을 했던 적이 있거든. 한참을 달리다 보면 여기가 내 한계구나 싶은 순간이 찾아와. 호흡이 하나도 남지 않아서 더는 버티지 못할 것 같은 순간. 지금 엄만 그런 순간에 다다른 것 같아. 파도야, 미안해. 널 위해서라도 이러면 안 되는데… 정말이지 더는 못 하겠어.

"그니까 엄마한테 그 AI를 보낸 사람이 정말 아빠라고?"

처음부터 네 아빠는 이 재판에서 이길 마음이 없었어. 그냥 그 잘난 인간이 또 선생질을 하고 싶었던 거야. 나한테 깨달음을 주고 싶었겠지. 말하자면 역지사지랄까. 그 AI 변호사는 의도적으로 엄마한테 접근한 거래. 물론 네 아빠가 추천한 여러 변호사들 중엔 사람도 있었지. 내가 그 AI 변호사를 선택한 건 맞는데, 그건 나도 어쩔 수가 없었어. 델포이가 내 모든 데이터를 활용해서 내가 거부할 수 없는 존재를 만들었으니까. 네 아빠나 델포이는 엄마가 그 AI를 선택할 거라고 확신했을 거야. 보다시피 예측은 보기 좋게 맞아 들어갔고.

"엄마…"

왜, 내가 자살이라도 할까 봐 걱정돼? 걱정 마. 이 많은 약이다 죽지 않으려고 먹는 건데? 널 두고 어딜 가. 다만 엄마는 파도 너한테 너무 면목이 없어. 넌 아무 잘못이 없는데… 이런 추문에 어린 네가 휩싸일 필요는 없는데 엄마가 너무 나빴어. 네 아빠랑 똑같이 경솔하고 이기적이었어. 이런 상황에서 누군가를 다시 만나려고 한 것 자체가 욕심인 줄도 모르고.

"그게 무슨 말이야? 당연히 엄마도 엄마의 행복을 찾을 자격이 있다니까? 그때 엄마가 물어봤을 때 나도 괜찮다고 했잖아."

아냐. 엄마가 멍청했어. 애초에 너한테 그런 걸 물어서도 안 됐어. 어떻게 이 모든 걸 비밀로 할 수 있을 거라고 생각한 건지 한심하다, 진짜. 이렇게 결국 나도 너한테 상처를 주고 말았잖아.

"엄마가 예전에 그랬잖아. 사람 사는 건 다 뻔한 유행가 같은 거라고. 엄마도 지금 우리 상황을 그저 흘러가는 노래 같은 거라고 생각해. 난 정말 괜찮으니까."

애면 애답게 굴어. 넌 괜찮을 수 없어. 친구들하고 얘기하는 게 불편해서 학교도 안 가면서.

"애들이 수군대는 게 듣기 싫긴 하지. 근데 예상했던 일이야. 엄마를 원망할 생각은 요만큼도 없으니까 그런 생각 하지 마. 자학도 하지 말고."

고마워, 파도야.

"그 AI 변호사는 엄마의 모든 데이터를 이용해서 그야말로 엄마를 장악하고 있었잖아. 엄마는 저항할 수 없이 당한 거야. 엄마가 정말 내가 걱정된다면… 그럼 이기면 돼. 난 엄마가 아빠를 꼭 이겨서 행복했으면 좋겠어. 재판, 포기하지 않을 거지?"

8

"형부가 그런 인간일 줄이야… 언니, 진짜 나는 정말 몰랐어. 재판 도중에 와이프를 유혹하라고 AI 변호사를 보낸다니, 그게 말이 돼? 정상적인 사람이라면 상상도 할 수 없는 일이야."

네 형부는 원래 또라이였어. 그 덕분에 난 법정에 선 한 마리 원숭이가 됐지.

'더 놀라운 사실은 이 안드로이드 변호사가 원고 여해주 씨를 유혹하도록 알고리즘을 조작한 사람이 바로 피고 김진오 씨라는 것입니다!'

새로 선임한 인간 변호사가 쾅 폭탄을 터뜨렸지. 장내가 정말 볼만해졌어. 배심원들은 놀라서 술렁대고 기자들은 특종이다 싶은 얼굴로 서로를 바라봤어. 판사마저도 표정 관리가 안 될

지경이었다니까. 인간 변호사는 진오 씨가 델포이의 대주주라는 점을 짚어냈어. 그리고 그이가 관계자들과 물밑 접촉을 통해 시후를 개조했다는 사실까지 유려하게 증명해 냈지. 변호사 안드로이드에다가 인간을 유혹하는 알고리즘을 심은 건 의심의 여지 없이 명확한 불법 개조니까 뭐, 법적 처벌을 피할 수 없을 거야.

'피고 김진오 씨는 법적 배우자 여해주 씨에게 반윤리적 알고리즘을 삽입한 안드로이드를 보낸 것을 인정합니까?'

변호사가 묻는데 김진오는 아무 말도 하지 않았어. 인정이나 다름없었지.

'이 사건으로 원고가 입은 정신적 충격은 이루 말할 수가 없습니다. 그 증거로 델포이사가 불법 개조한 변호사 안드로이드의 활동 모습을 제출합니다.'

인간 변호사는 더 비인간적이었어. 홀로그램 영상으로 시후와 내가 함께 보낸 일상을 재생시켰지. 너도 알겠지만 그땐 내가 잠시 미쳤었잖아? 영상을 보는데 내가 마치 10대 소녀 같은 눈빛으로 그 애를 바라보고 있더라니까.

'내가 시후 씨한테 이렇게 의지하게 될 줄은 몰랐어.'

내가 얼이 빠진 채 그 변호사 애한테 고백하는 장면이었어.

정찰용 드론 카메라에 그 멍청한 짓거리가 그대로 찍혔을 줄이
야. 인간 변호사는 이전 재판에서 우리가 이용했던 대사를 토씨
하나 틀리지 않게 읊었어. 이런 남성형 안드로이드는 특정 사용
자에게 맞춤 설계된 거고, 이로 인해 사용자는 안드로이드에게
깊은 호감을 품을 수밖에 없다고…

'시후 씨는 너무 달라요. 어떻게 항상 내가 듣고 싶은 말만 해
줘요?'

그렇게 말하는 내 모습을 보는데 정말 기분이 처참하더라. 델
포이가 나도 모르는 내 취향을 알고 있었더라고. 난 시후 씨가
김진오하고는 완전히 다르다고 생각했거든. 내가 싫어하는 김
진오 같은 오만한 구석은 전혀 없고, 한없이 따뜻하고 다정한
배려와 이해심을 가진 남자였으니까. 근데 신기한 게 뭔 줄 알
아? 시후는 김진오를 토대로 만들어진 안드로이드였어.

"그게 형부를 본떠서 만든 거라고?"

인간 변호사가 어떻게 구해 왔는지 델포이의 안드로이드 개
발 프로그램을 보여주는데, 시후의 외모는 진오 씨 젊었을 때를
모델로 했더라. 내가 호감을 느낀 남성의 외양을 바탕으로, 취
향과 기질, 성격과 개성이라 불리는 이른바 인간적인 특성들 역
시 모두 파도 아빠와 그 전에 내가 만난 애인들을 리모델링 해

서 만든 알고리즘에 불과했지. 아주 환상의 서커스지? 전혀 모르는 남 일이면 얼마나 재밌을까 싶더라니까?

'원고 여해주 씨는 본인이 상대를 유혹했다고 생각했습니다. 하지만 그건 착각이었죠.'

변호사가 냉정하게 현실을 얘기해 줬어. 사실 나도 김진오하고 다를 게 없었다고 말이야. 나 역시 유혹에 쉽게 무너지는 뻔한 인간이었던 거야.

"아냐. 언니도 위로가 필요했던 것뿐이야. 우린 모두 약한 사람이잖아…"

전에 넌 여자를 사랑하는 너와 AI랑 살겠다는 김진오를 동일시했잖아. 그 마음도 이해해. 그럴 수 있어. 근데 있잖아, 지혜는 널 진심으로 사랑했어. 하지만 우리의 경우는 아니야. 나나 진오 씨는 속고 있는 거야. 우리 부부한테 사랑을 속삭인 그 AI들은 그저 입력된 값에 맞춰 행동한 것뿐이라고. 그날 법정에 선인간 변호사도 중계 카메라를 향해 이렇게 물었지.

'인간보다 인간적인 안드로이드를 만들기 위한 조건은 무엇일까요?'

시후가 나와 대화할 때 기쁜 듯이 젖혀지는 그 애의 입, 부끄러운 듯 내 시선을 피하던 눈동자, 호감을 주는 어조와 적절한 단어 선택까지 모두 개발자들의 알고리즘이 만들어 낸 결괏값일 뿐이라고, 인간 변호사는 확신에 찬 목소리로 말했어. 난 솔직히 너무 혼란스러웠어. 정말 시후가 내게 보여준 모든 게 거짓이었을까?

'안드로이드와 인간의 만남을 인정하는 게 맞을까요? 우리 사법부가 안드로이드를 이용해 반인륜적 범죄를 저지른 피고의 손을 들어주고 그의 재산권과 양육권을 인정한다면, 그건 안드로이드와 인간이 맺는 사실혼 관계를 인정하는 것이나 다름없습니다. 조작된 안드로이드와의 교류를 통해 과연 인간이 성장할 수 있겠습니까? 그건 인류의 존엄을 무너뜨리는 위험한 선택이 될 겁니다.'

인간 변호사가 확신에 차서 웅변하는데, 파도 아빠는 어이가 없는 눈치더라. 무지한 타인들을 한심하게 내려다보는 특유의 그 오만한 표정, 너도 알지?

'우리는 불완전한 인간이기에 서로 더 노력하고 맞춰갈 수 있는 겁니다!'

'이보세요, 변호사님. 노력할 인간이 될지, 제멋대로 살아버릴지, 그걸 선택할 자유야말로 인간의 진정한 권리입니다.'

그 인간이 나중엔 아예 대놓고 비웃기까지 하더라니까? 그렇게 말하면서 날 바라보는데 그 표정이 잊히지가 않아. 아마 평생 잊지 못할 거야. 그 가시 돋친 말이 꼭 나한테 하는 얘기 같았어. 그 사람은 진즉에 우리 부부 사이를 포기했던 거야. 더는 우리 관계를 위해 노력할 마음이 없었던 거지. 그제야 알겠더라. 김진오가 내가 아닌 그 AI를 선택한 이유, 나한테 그 AI 변호사를 보낸 이유까지도…

9

역시 인간들은 전부 멍청하다고 비웃고 있었지? 당신은 일찍이 세상 돌아가는 이치를 파악한 지성인이니까. 웃겨. 넌 그냥 재수 없는 놈이야. 그 독선적이고 오만한 태도가 결혼 생활 내내 날 얼마나 숨 막히게 했는지 알아? 당신은 늘 항상 옳고 넓은 마음으로 철없는 날 받아준 남자고, 난 제멋대로 구는 어린애처럼 아무것도 모른다는… 끔찍해. 그 더러운 프레임에 난 평생을 갇혀 산 거라고!

"그래도 사과는 안 할 거야. 난 후회하지 않아, 해주야. 내 눈엔 네가 점점 불행해지는 게 보였으니까."

내 불행을 막으려고 AI를 보냈다? 그래서 AI와 바람피우고 당당하게 이혼하자고 한 거다? 뻔뻔한 인간. 어떻게 그런 말을 할 수 있어…

"너는 나랑 살면 평생 불행했을 거야."

그래서 오지랖 넓게 애인까지 붙여주셨다? 당신은 정말 대단해. 난 너처럼 잘난 지성인이 아니라서 무슨 말을 어떻게 해야 할지 모르겠는데, 내가 느끼는 이 어이없고 억울하고 미치겠는… 이 터져버릴 것 같은 마음은… 그래, 이건 말로 설명할수록 나만 바보가 되는 기분이야. 대체 나한테 이렇게까지 한 이유가 뭐야? 제정신이야? 우리 딸 파도랑 그 많은 재산을 다 걸고 어떻게 이런 말도 안 되는 농담 같은 짓을 저지를 수 있니?

"난 네가 걱정됐어. 네가 너무 가여웠어, 해주야."

가여워? 내가 걱정돼서 내 딸과 돈을 전부 빼앗으려 했다고? 세상이 비웃을 얘기야. 제발 정신 차려.

"재판에서 이기고 싶은 마음은 없었어. 양아치처럼 당신한테 돈을 뜯어내고 파도에게 엄마를 빼앗으려던 게 아냐. 나는 그냥 이해받고 싶었어."

이건 폭력이야. 날 기만한 거고 엄연한 범죄라고!

"네가 그 변호사와 나눈 대화, 그게 전부 거짓말이라고 생각해? 아직도 AI와 인간이 진실한 교류를 나눌 수 없다고 생각해? 생물학적인 부모니까 무조건 네가 파도를 양육해야 한다고 생각하니? 인간이기에 무조건 AI보다 절대적인 우위를 가질 거라고 생각하는 거야말로 교만이야. 이게 미친 짓이라는 건 나도 당연히 알아. 하지만 남들이 뭐라고 떠들게 되건 상관없었어. 나한텐 네가 제일 중요하니까."

그게 무슨 궤변이야? 제발 당신 스스로를 합리화하지 마. 내가 제일 중요하다는 사람이 어떻게 나한테 이렇게 하겠어. 넌 그냥 개자식이야.

"넌 항상 나와 파도가 네 인생의 전부라고 말했잖아. 남들 시선을 신경 쓰고 싶지 않아 했지만, 완벽히 자유로울 수도 없었지. 넌 천성이 예민하고 섬세한 아티스트니까. 난 그렇게 네가 만든 울타리에 갇혀 살 네 인생이 걱정됐어. 너에게 자식과 남편 말고도 다른 선택지를 만들어 주고 싶었어. 그래서 AI 변호사에 그런 알고리즘을 심어 보낸 거야."

당신은 날 기만했어. 어떤 말로 합리화하려 해도 이건 범죄야. 내가 처벌을 원하고 말고 상관없이 당신이 처벌을 받을 수도 있다고.

"법적 처벌은 각오했어. 내가 미안한 건, 너한테 완벽한 남편이 되어주지 못한 거야. 해주야, 관습과 편견에서 벗어나 봐. 우리 사랑해서 결혼했지. 하지만 최근 10년 동안 우리가 정말 행복했니? 우리도 충분히 노력했잖아. 상담도 받고, 화해하고, 그러다 또 싸우고, 서로를 비난하고, 오해하고, 상처 주고… 아무리 노력해도 안 됐잖아. 넌 나를 바꾸고 싶어 했고, 난 네가 틀렸다고 생각했으니까. 해주야, 그 AI는 너를 있는 그대로 사랑해 줄 거야. 제발 한 번만, 나에 대한 감정을 내려놓고 솔직해져 봐. 그 애가 AI인 걸 몰랐을 때 넌 행복했잖아. 내 말이 틀려? 어려운 문제일수록 단순하게 생각해. 너를 너답게 살게 해주는 건 인간인 내가 아니라 그 AI야."

진짜 미친 놈… 꺼져, 당장 내 눈앞에서!

10

그때 팡팡- 터지는 보랏빛 불빛 아래 선 그 남자는 참 근사했어요. 폭죽 그림자가 어른거리는 얼굴로, 사랑에 빠진 표정으로 날 바라보던 그 사람이 잊히지가 않아요. 그런데 인생이 참 아이러니하죠. 지금은 한 줌의 숨결조차 닿고 싶지 않은 소름 끼치는 사람이 되었으니까요. 그렇게 다정하고 멋졌던 청년이 독선적이고 오만한 최악의 전남편이 된 거죠.

"와줘서 고마워요. 당신이 다신 날 찾지 않을까 봐 무서웠어요."

무서웠다고요? 이봐요, 시후 씨. 나는 보란 듯이 잘 살고 싶었어요. 처자식을 버리고 사람들에게 비난받고 있는 김진오와 다르게, 파도와 함께 정상적이고 행복하게 살고 싶었다고요. 전남편의 미친 짓에 잠시 방황했지만 이내 씩씩하게 이겨낸, 그래도 고쳐 쓸 만한 엄마로 거듭나리라 다짐했죠. 그런데 결국 내가 진 걸까요? 이렇게 당신을 찾아오고 말았잖아요. 난 만신창이가 돼버렸어요. 재판에선 이겼지만 시후 씨 말대로 이겨도 이긴 게 아니게 되어버렸네요.

"내내 해주 씨를 걱정했어요."

아간 무서웠다더니 이젠 걱정했다고요? 하하, 당신이 두려움을 알아요? 걱정이란 걸 할 수 있고요? 그건 인간의 감정이에요. 그런 흉내 내기는 그만둬요. 이렇게 내 발로 당신을 찾아오긴 했지만 그래도 여전히 난 모르겠어요. 생각할수록 너무 혼란스러워요. 날 이렇게 바라보는 당신의 눈빛, 그 말투 모두가 프로그래밍 된 알고리즘일 뿐이잖아요. 의지도, 감정도 없으면서 날 속이는 거라고요.

"맞아요. 난 안드로이드고 내가 해주 씨한테 보여주는 감정은 모두 해주 씨의 욕구와 취향에 맞춰 계산된 거예요. 그런데 그게 뭐 어때서요? 진실을 몰랐을 땐 날 사랑해 줬고 인간과 차이점도 느끼지 못했잖아요. 해주 씨도 알잖아요. 인간의 감정도 그렇게 진실하지 않다는 거."

그래요. 난 남편과 진실한 감정을 나누는 데 실패했죠. 나만 그런 것도 아니에요. 배우자와 진실되게 소통하며 평생을 만족스럽게 사는 부부는 거의 없을 걸요. 원치 않게 서로를 비난하고 상처 주다가 결국엔 껍질만 남아 시들어 가는 관계가 대부분이더라고요. 너무 분하지만, 김진오 말이 영 틀린 건 아니에요. 인간과 함께한다고 반드시 행복하다는 보장은 없어요.

"그래요. 해주 씨는 행복할 수 있어요. 그게 무엇이든 전 해주 씨의 선택을 존중할 거예요. 하지만 날 원한다면 한 걸음만 내딛으면 돼요. 관습과 편견에서 벗어나 봐요. 그럼 우린 영원히 함께할 수 있어요."

마치 날 정말 원하는 것처럼 말하네요. 감쪽같아.

"해주 씨는 마치 날 원하지 않는 것처럼 말하네요. 역시 인간도 늘 진실할 순 없어요."

정말이지 당신을 찾아오고 싶지 않았어요. 멋지게 한 명의 인간으로 자존을 지키고, 오만한 남편의 말이 틀렸다는 걸 증명해 내는 삶을 살고 싶었다고요. 인간이든, 안드로이드든 그 어떤 파트너에게도 의지하지 않겠다고 다짐했어요. 하지만 결국 이렇게 내 발로 이곳까지 찾아오고 말았네요. 기억나요? 예전에 시후 씨가 그런 말을 한 적이 있죠. 양가적인 감정을 갖고 비논리적인 결정을 하는 게 인간이라고. 나도 인간이에요. 그러니까 인간다운 선택을 저지를게요. 정크 푸드나 술, 담배, 마약 같은 걸 몸에 이롭다고 생각하고 하는 사람은 없겠죠? 인간 변호사의 말처럼 인간 아닌 AI와의 관계를 선택하는 건 비논리적이고, 비윤리적이고, 나약한, 인간답기를 포기하는 일일지 몰라요.

근데, 상관없어요. 난 내 있는 그대로를 사랑해 주는 존재와 인생을 함께하고 싶어요. 더는 인간에게 상처받고 싶지 않아요. 또다시 인간을 믿고… 감정을 소모하고 싶지도 않아요. 시후 씨. 괜찮다면, 나와 남은 인생을 함께해 줄래요?

배내똥 거래소

황모과

1

"아빠! 이것 봐! 닷새를 묵혔더니 엄청난 게 나왔어!"

나는 메탄가스 발생 비율이 높은 고품질 똥을 만드는 재주가 있었다. 그런 똥은 '배내똥'이라고 불렸다. 원래는 갓난아이가 태어나서 맨 처음 싸는 똥을 의미하는 말이라지만, 요즘엔 거래소에서 고가로 사고 팔리는 인분을 부르는 데 쓰였다.

"이번엔 더 비싸게 팔 수 있을 것 같아!"

나는 너무 신난 나머지, 신문지 위에 싼 똥을 높이 치켜들었다. 채집할 때 냄새만 견딜 수 있다면 배내똥을 만들어 파는 건 꽤 괜찮은 장사였다. 내가 파워 배내똥 생산자면서 동시에 비염 환자인 건 정말 큰 행운이었다.

아빠는 코를 막고 내 결과물을 힐끗 확인한 뒤, 씁쓸한 얼굴로 연고를 내밀었다.

"다 찢어졌지? 얼른 이거 발라."

이 똥이 팔리면 아빠랑 둘이서 이번 겨울방학 동안 먹고살 수 있다. 방학이라 급식이 없으니 먹는 일이 정말 큰일이었다.

인분을 에너지원으로 쓰는 친환경 바이오 회사들은 항상 고품질의 인분을 찾았다. 회사들이 동네마다 '배내똥 거래소'를 운영하고 있었고, 보석처럼 감정한 뒤 배내똥으로 판명되면 고가에 사줬다.

"냄새가 정말… 콜록콜록! 엄청난… 헉, 우웩!"

아빠는 코를 막고도 숨쉬기가 힘겨워 보였다. 콜록거리며 자꾸 창문 쪽으로 도망갔다.

"이야, 입으로만 숨을 쉬어도 냄새가 컥! 얼른, 그거… 쿨럭!"

얼른 포장하라고 아빠가 한 손으로 손짓했다. 나는 콧노래를 부르며 소중하게 내 똥을 포장했다.

"이건 그냥 똥이 아니야. 이 몸이 만든 배내똥이지!"

*

아빠와 내가 거래소에 처음 똥을 판 건 2주 전이었다. 오늘은
반드시 쌀과 고기를 사 오겠다고 장담하며 나갔던 아빠가 세상
끝난 표정으로 터덜터덜 집으로 돌아왔다. 손에는 '얼터너티브
밀' 한 봉지가 들려 있었다. 얼터너티브가 무슨 뜻인지는 정확
히는 잘 모르지만, 얼터너티브 밀은 식용으로 재가공한 폐휴지
조각이다.

"어? 오늘 쌀 사 온다고 했잖아?"

무슨 일이 있었냐고 걱정돼서 물어본 거였는데, 아차, 아빠를
책망하는 말이 되고 말았다.

"예율아, 미안하다. 못난 아빠가 하나밖에 없는 아들한테 제
대로 된 밥도 못 해주고… 흑흑…"

아빠가 주저앉아 아이처럼 서럽게 울기 시작했다.

"아빠…"

사실 우리 아빠는 몸이 약하고 손이 둔해서 몸 쓰는 일을 잘하
지 못했다.

"울지 마…"

그렇다고 머리 쓰는 일도 못했고 사실 무슨 일을 해도 잘 못

했다. 체력도 문제지만 말발도 6학년인 나보다 못하고, 무엇보다 요즘처럼 탄압적인 시대에 멘탈이 너무 약해서 문제였다.

"아니, 무슨 어른이 그렇게 잘 울지?"

매일 아침 일찍 인력 소개소에 나가 당일치기 일을 하곤 했는데, 다쳐서 오는 날이 더 많았다. 표정을 보니 오늘도 이 시간까지 허탕을 친 게 분명했다. 요즘엔 일을 구하기가 하늘의 별 따기였다. 고객 센터며 운전 일, 배달 일, 기타 위험하고 힘든 일을 고맙게도 로봇이 전부 대신해 주고 있기 때문이다. 요즘엔 김밥집도 3D 프린터로 찍어내는 무인 가판 방식으로 운영된다.

일자리를 잃은 사람들의 생계를 위해 기본 소득이란 게 지급될 거라는 이야기를 어릴 때 들었던 것 같은데, 몇 년 전 대통령이 바뀌더니 다 없던 일이 되고 만 모양이었다. 무슨 민영화, 무슨 예산 삭감, 무슨 정책 폐지 같은 얘기가 들렸다. 대통령 대신 국무총리가 나라를 대표하는 게 아빠의 눈물과 무슨 연관성이 있는 건지 정확히 잘 모르겠지만. 아빠는 최저 시급이 낮아져 매주 120시간씩 일을 한들 생계가 안된다고 말했다. 이전보다 시급이 500원 낮아졌다고 했고 500원 때문에 병원에 못 가는 세상이 됐다고 말했다. 근데 500원으로는 애초에 병원에 못 가지 않나? 아니, 갈 수도 있나?

"무슨 면목으로 내가 아빠라고, 어흑… 차라리 널 보육원으로 보내는 게 낫겠어. 크흑…"

아빠가 점점 슬픔의 똥통에 빠져들고 있었다. 나는 일부러 큰 소리로 아빠에게 핀잔을 주곤 팔을 걷어붙인 다음 요리를 시작했다.

"아, 뭐야. 허탕 친 거면 그냥 빨리 집에 오지 그랬어. 기다리게 하고 말이야."

나는 물을 끓이고 프라이팬을 달궜다. 얼터너티브 밀로 간장맛 '폐지 파스타'를 뚝딱 만들었고, 잘게 가위로 잘라 오징어채 같은 '폐지 무침'도 하나 무쳤다. 물에 딱 10초 불린 다음 손으로 뭉쳐서 '폐지 미트볼'도 빚었다.

식용 폐지 얼터너티브 밀은 종이 박스나 생활 폐지, 산업 폐지를 물에 불려 건조 가공해서 사람이 먹을 수 있게 만든 대체 식품이다. 인터넷 쇼핑과 택배 배달이 일상화된 이후에 생겨난 간편 식품이라고 했다. 자라냐였던가 라자냐였던가, 널찍하게 생긴 파스타 면처럼 건조 가공해서 잘라 파는 건데 쌀이나 라면과 비교해도 훨씬 싸다.

식용 폐지는 가격에 딱 걸맞게 영양가가 하나도 없다. 하지만 조금만 궁리하면 다양한 조리가 가능했고 꽤 오래 포만감이 유지됐다. 그리고 나중에 알게 된 사실이지만 식용 폐지를 먹으면 영롱한 배내똥을 뽑아낼 수도 있다. 그렇게 얼터너티브 밀은 우리에게 중요한 식량 자원이자 유일한 수입원이 되었다.

"아빠, 밥 먹자! 그렇지 않아도 파스타 먹고 싶었어!"

폐지 파스타와 폐지 반찬으로 상을 냈다. 아빠는 울다 지쳐 어느새 잠들어 있었다. 나는 밥상 아래에 코를 박고 잠들어 있는 아빠를 보며 혼자 밥을 먹었다.

'다이어트 한다고 일부러 찾아서 먹는 사람들도 많은데, 아빠는 뭘 그렇게 괴로워한담?'

나는 역시 내가 아빠를 먹여 살릴 수밖에 없다고 생각했다.

*

다음 날, 아빠와 나는 오랜 상의 끝에(실은 오랜 말싸움 끝에) 우리 둘의 변을 담아 배내똥 거래소를 찾았다. 아빠가 마지막 직장을 잃고 실업 급여 수급까지 끝난 지 오래라 다른 방법이 없었다. 아빠는 다음 직장을 찾느라 죽을 똥을 싸고 있었다. 하지만 아무리 조건을 낮춰도 몸 약하고 말발 없고 멘탈 약한 아빠를 채용해 주는 곳은 없었다. 뉴스에선 최저 임금 이하를 줘도 일할 사람은 많은 '유연한 시대'라고 말했는데 아빠 허리가 저렇게 꺾이는 와중에 뭐가 유연한 건지 나는 도무지 모르겠다.

배내똥 거래소에서 인분을 고가에 매입한다는 광고를 보고 내가 우리도 똥을 가져다 팔아보자고 말했다. 처음 논쟁했을 때 아빠는 정말 필사적으로 똥고집을 부렸다.

"팔 게 있고 안 팔 게 있어. 인분을 팔아 생활한다는 건, 그건 말이지, 인간의 존엄을 파는 것과 마찬가지야! 애들은 더욱 안 돼!"

아빠는 고개를 절레절레 흔들다 아예 울먹였다. 나는 아빠의 말을 전혀 이해할 수 없었다. 우린 돈이 없고 먹을 게 없고 그래서인지 존엄 같은 건 아예 집에 없는데? 그거 말고도 물론 집에 없는 게 많지만. 말발이 좋은 내가 아빠를 설득해야 할 타이밍이었다.

"노동력이라고들 하잖아? 아빠도 힘을 팔아서 생활하는 거잖아? 사람들 다 시간을 팔아서 생활해. 다 그렇게 살잖아! 똥 팔아서 생활하는 게 뭐가 어때서?"

내가 아는 단어를 다 동원해 이렇게 항변했지만 아빠는 완고했다.

"배내똥이라고 무슨 근사한 명품처럼 이름 붙여놨지만, 사람을 사람답게 살지 못하게 하는 일이라고."

나는 진짜 이해할 수가 없어서 양손을 좌우로 쫙 펼치고 외쳤다.

"아니, 아빠! 세상이 뭐라 하든 무슨 상관이야? 내 똥을 사주겠다는 사람이 있는데!"

"땀을 사준다면 종일 뛰어서 땀을 빼야 하는 거야? 피를 사준다면 피를 빼고?"

"땀이든 피든 뭐든 상관없지! 우리한테 팔 수 있는 게 있다면."

"땀을 빼다가, 피를 뽑다가 몸에 무리가 오면 어떻게 해?"

"그건 그럴 수도 있지. 그치만 똥은 괜찮아! 어차피 버릴 거잖아? 똥을 만들려고 무리해서 먹지만 않는다면, 건강을 해치지 않으니까 괜찮을 거야!"

"배내똥을 만들려면 폐지를 먹어야 한다잖아?"

"난 그거 맛있어!"

아빠가 머리를 쥐어뜯으며 말했다.

"아들에게 폐지를 먹게 하다니, 어떻게 얼굴을 들고 살아? 사람들이 손가락질할 거야."

"그런 걸 가지고 손가락질하는 사람 따위 난 신경 안 써! 그 사람들은 상대가 고양이든 어린이든 장애인이든 눈 하나 깜짝도 안 할걸! 왜 우리가 그런 사람들을 신경 쓰면서 살아야 해? 우린 지금 먹고살아야 해!"

아빠는 나를 설득하지 못했다. 어른스럽지 못하게 결국 또 울음을 터뜨렸다. 휴, 아빠를 먹여 살리는 일은 간단하지 않았다.

2

우리는 순서대로 화장실에 들어가 각자의 결과물을 소중하게
담아 나왔다. 따뜻한 온기가 가시기 전에 집에서 가장 가까운
배내똥 거래소를 찾았다. 똥 감정은 처음 받아보는 일이라 거래
소 소파에 앉으니 조금 긴장됐다.

결과는 금방 나왔다. 아빠의 똥은 에너지로서 하나도 가치가
없었다. 옛날 말 그대로 똥값이었다. 똥을 팔지 말자고 그렇게
역설해 놓고서 아빠는 엄청나게 실망한 눈치였다. 거래소 소파
에 앉아 다시 닭똥 같은 눈물을 떨어뜨렸다.

"흑, 똥도 값이 안 나간다니."

나는 아빠의 어깨를 끌어안았다. 아빠의 슬픔이 묵직하게 전
해 왔다. 긴장감이 한층 더 고조됐다. 내 똥마저 값이 안 나가면
우리는 끝장이다.

그런데 내 똥을 감정하던 사람이 다른 감정사를 부르기 시작
했다. 두 사람은 광학 기계로 신중하게 감정하더니 감탄사를 터

뜨렸다. 그러더니 거래소에 걸린 최고 감정가 패널에 적힌 숫자를 수정했다. 내 똥은 그 자리에서 '최고급 배내똥'으로 판명됐고 당연히 최고가를 받았다.

"이렇게 에너지 순도가 높은 건 처음 봐요. 재능이 있으시네요."

황금값에 맞먹는 똥이었다. 세상이 찾아 헤매던 고품격 배내똥! 배내똥 중에도 상위 10퍼센트에 드는 품질이라고 했다. 내게 이런 재능이 있었다니! 우리는, 드디어 먹고 살게 된 것이다.

아빠와 나는 서로 부둥켜안았다.

*

우리는 거래소에서 받은 돈으로 잔뜩 장을 봐 집에 돌아왔다. 아빠도 어젯밤 싸운 일은 까맣게 잊고 안도감에 웃음을 터트렸다. 장 봐 온 식재료를 볶고 굽고 지지며 한바탕 먹고 났더니 오랜만에 방귀가 뿡뿡 터졌다. 누가 더 길게 뀌는지 대결이라도 하듯 우리는 방귀를 뀌어대며 실컷 웃었다.

오랜만에 먹는 쌀밥과 고기라 다음 날 설사를 하고 말았다. 설사는 거래소에서 매입하지 않았다. 나는 꽤 실망했지만 아빠는 괜찮다고 나를 달랬다.

"이건 못 팔겠다. 으하하!"

똥을 만드는 데에 너무 집중한 바람에 선똥도 쌌다. 며칠을 먹고 논 뒤에야 제대로 된 바나나 똥을 쌌다.

"됐어! 드디어 뽑았어."

우리는 묵직한 녀석들을 비닐에 담아 소중하게 품 안에 품고 거래소에 갔다. 아빠도 들떴는지 이번에야말로 자기 똥이 값이 나갈 거라고, 내 똥은 더 비싸게 팔릴지도 모른다고 말했다.

그런데 결과가 참담했다. 아빠는 체질상 뭘 먹어도 에너지로 변환될 만큼 품질 좋은 똥을 만들지 못할 것 같다는 얘기를 들었다. 더욱 충격적인 건 내 똥과 관련된 이야기였다. 지난번과 비교해 품질이 좋지 않았다. 그래서 값을 전혀 받지 못했다.

아빠와 나는 음식을 바꿔가면서 여러 번 시행착오를 거듭했다. 그러고는 맨 처음 똥을 감정받았을 때의 식사와 생활, 배변 패턴을 반복한 뒤, 그제야 이전만큼 비싼 값에 팔리는 배내똥을 만들 수 있었다.

"이제 알았어. 내가 식용 폐지로만 밥을 먹으면 돼. 그래서 닷새에 한 번씩 똥을 만들어 내면 그건 비싸게 팔린다고."

나는 방법을 알아내 다행이라고 안도했다. 문제는 아빠였다. 처음엔 연고도 건네주고 하면서 협조했지만, 폐지만 먹으며 닷새

동안 똥을 묵히고 찢어지게 고생해서 만들어 낸 것만 값어치가 나간다는 것을 알고 아빠는 길길이 날뛰었다.

"말도 안 돼! 너한테 폐지만 먹이고 찢어지도록 고통스럽게 만들어서 뽑아낸 똥으로 나만 멀쩡한 밥을 먹으라고? 있을 수 없는 일이야!"

아빠는 거의 절규하고 있었다.

"오, 젠장! 하느님…! 하나뿐인 아들을 굶기지 않겠다고 큰소리쳤는데, 아들을 먹이기는커녕 이제는 아들의 피똥을 팔아야 생계를 꾸릴 수 있다니! 하느님, 이건 지옥이오!"

아들을 일찍 생계 전선으로 내모는 게 못내 괴로웠던 거다. 아빠 마음도 이해할 수 있었다. 하지만 우리에겐 다른 방법이 없었다.

"나는 괜찮다니까! 아빠, 괴로워하지 마. 방학 동안만이라도 이렇게 하자. 방학 끝나면 나는 급식을 먹을 수 있고, 아빠도 그 때쯤이면 새로운 일을 찾을 수 있을 거야!"

*

그날 이후, 아빠는 나와 말도 섞지 않았고 모든 음식을 거부했다. 아들의 고통과 바꾼 음식을 차마 먹을 수 없다고 했다. 하지만 나도 똥고집이 있었다. 쌀밥과 고기는 거부하고 식용 폐지만 입에 댔다. 아빠와 나를 위한 일이었다.

"내가 좋은 음식을 먹으면 잘 팔리는 똥을 쌀 수 없어! 우리는 다시 굶게 될 거야!"

아빠가 일을 찾아 나선 사이, 나는 더 질이 낮은 먹을거리를 찾아다녔다. 집에 있는 폐휴지나 박스를 잘게 잘라 죽처럼 고아 먹었다. 피 묻은 똥을 혼자 거래소로 들고 갔다. 역시나 에너지 순도가 높은 최고급 배내똥으로 판명됐다.

아빠는 밤마다 집에 돌아와 서럽게 울었다. 내가 거래소에서 받아 온 돈은 받지 않았고 내가 사 온 음식도 먹지 않았다. 아빠의 똥고집은 정말 못 말릴 지경이었다. 날 닮았나?

"아빠. 이러다간 우리 둘 다 죽겠어. 아빠가 일을 찾을 때까지만 내가 벌면 되잖아? 왜 이렇게 우릴 힘들게 하는 거야."

음식이 냉장고에서 썩기 시작했다. 찢어지게 고생한들 아빠가 밥을 먹지 않는다면, 아빠를 먹여 살릴 수 없다면 무슨 소용이란 말인가?

"도대체 아빠란 사람이 어떻게 아들의 노력을 이토록 물거품으로 만들 수 있는 거야?"

나는 속이 탔다. 세상에 이렇게 아까운 일이 있을 수가 없었다. 그렇다고 내가 먹어버리면 배내똥을 생산할 수 없으니 차마 먹을 수도 없었다.

"고스란히 다 버리게 생겼잖아! 아빤 어쩌려는 거야, 진짜!"

쉰내가 조금씩 풍기기 시작하는 음식들을 냉동실에 넣으며 울적해졌다. 앞으로도 계속 이러면 어쩐담? 난 뭘 위해 배내똥을 만들지?

"안 돼, 여기서 그만둘 순 없지. 나도 똥고집이 있다고!"

나는 잠시 약해지려는 마음을 털어내려 머리를 도리도리 흔들었다. 그냥 먹고살려는 것뿐인데 뭐가 이렇게 힘든 건지, 자꾸만 힘이 빠지는 건 어쩔 수 없었다.

3

터덜터덜 쓰레기를 버리러 나간 길에서 나는 작은 그림자와 마주쳤다.

"아니…"

어떤 꼬마가 길에 버려진 폐지를 깨작깨작 주워 먹고 있었다.

나는 동네 형 노릇을 제대로 해야겠다 싶었다. 꼬마에게 다가가 허리에 손을 짚고 꾸짖었다.

"야! 너 몇 살이야?"

꼬마는 눈이 커다랗고 귀가 커서 치와와 같은 귀여운 인상이었다. 녀석은 돌고래 인형을 꼭 쥔 채 작은 입을 오물거리며 나를 올려다보았다.

"일곱 살인데요, 왜요?"

나는 왈칵 화를 내며 꼬마를 혼냈다.

"뭐, 일곱 살? 야 씨, 넌 그런 거 먹으면 안 돼! 한참 키 클 나이잖아!"

이렇게 말하니 내가 마치 녀석의 아빠라도 된 것 같았다.

"근데 형, 나 배가 고픈데요?"

녀석의 똥그란 눈이 배고픔과 간절함으로 더 커졌다. 나는 한숨을 푹 쉬곤 꼬마를 집으로 데리고 와서 밥을 차려주었다. 유통 기간이 넘지 않은 음식을 꼼꼼히 골라내서 상에 늘어놓았다.

"형은 예율이라고 한다. 넌 이름이 뭐냐?"

"저는 유민이요."

유민이는 엄마랑 둘이 산다고 했다. 알고 보니 우리 바로 옆 건물에 살고 있었다. 허겁지겁 밥을 먹는 유민이에게 나는 차분하게 설명했다.

"유민아. 너는 한참 자라야 하는 나이니까 폐지를 먹으면 안돼. 알았어?"

"그렇지만 폐지만 먹고 똥을 싸면 비싸게 팔린다던데?"

아차, 내가 동네 애들 몇 명에게 떠들어 댄 얘기가 소문이 난 모양이었다. 나는 자신의 실언에 어마어마한 책임감을 느꼈다.

"인마, 아이들은 다 자라기 전까진 그런 일을 하는 게 아니야."

"몇 살까지?"

"어… 아마, 열여덟 살까지?"

"형은 몇 살인데?"

"나? 나는 열세 살…"

유민이가 말없이 내 저녁밥을 뚫어지게 바라보았다. 얼터너티브 밀로 만든 폐지 파스타가 우중충한 갈회색을 드러내고 있었다. 나는 똥그랗고 날카로운 녀석의 눈빛을 외면했다.

"얼른 먹기나 해, 인마."

밤이 깊어갔다. 유민이는 좁은 베란다에 앉아 돌고래 인형을 만지작거리며 자기 집 쪽을 바라보고 있었다. 10시쯤 되었을까? 가로등 아래로 길게 늘어진 그림자가 있었다. 유민이가 그림자를 향해 소리쳤다.

"엄마!"

유민이네 엄마가 현관을 노크했을 때, 마침 종일 일을 찾다 허탕을 친 아빠도 집에 돌아왔다. 그 바람에 우리 아빠와 유민이 엄마와가 현관에서 마주쳤다.

"예율이 형이 밥 해줬어."

"어머, 미안해서 어떡해요. 유민아, 저녁밥 사 먹으라고 엄마가 돈 줬잖아?"

"어, 그거… 잃어버렸어."

모두와 눈을 마주치지 못하고 뻔한 거짓말을 하는 유민이를 우리 셋이 빤히 바라보았다.

어른들은 금세 친해졌다. 유민이 엄마가 아빠에게 요즘 일이 있냐고 묻더니 대뜸 일자리를 나눠줄 수 있다고 말했기 때문이었다. 나는 절호의 기회라고 생각해 유민이 엄마에게 다급하게 제안했다.

"밥이 남았는데 드시고 가시겠어요? 어휴, 내일이면 유통 기간이 지나서 얼른 먹어치워야 하는데."

그제야 아빠도 유민이 엄마에게 권했다.

"집이 지저분하지만 괜찮으시면 잠깐 들어오세요. 어떤 일자리인지 말씀 조금 더 들려주시면 좋고요."

나는 아빠의 식사를 유도하려는 계산이었고, 아빠는 나를 먹여 살릴 일자리를 얻으려는 계산이었다. 두 남자의 간절한 표정을 외면하지 못하고 유민이 엄마가 집 안으로 들어섰다.

"아이고, 초면에 실례가 너무 많네요."

나는 바쁘게 음식들을 늘어놓았다. 유민이 엄마가 염치없다고 말하더니 열심히 먹기 시작했다. 그런데 아빠는 배에서 나는 꼬르륵 소리가 온 집 안을 우렁차게 뛰어다니는 와중에도 내가 차린 밥에 손끝도 대지 않았다.

"왜 안 드세요?"

유민이 엄마의 질문에 아빠가 설득력 없는 말을 던졌다.

"저는 배가 안 고픕니다. 전혀요."

애매한 정적이 흘렀다. 나는 아빠를 노려보았고 아빠는 유민이 엄마를 바라보았고 유민이 엄마는 유민이를, 유민이는 그런 나를 바라보았다.

*

유민이 엄마가 식사를 끝내고 요즘 일하는 곳을 살짝 알려주었다.

"꼭 비밀 지켜주세요. 지난주까지는 고장 난 자동판매기 안에서 일했어요. 사람들이 버튼을 누르면 제가 안에서 상품과 잔돈을 건네줬죠. 카드 결제도 수동으로 처리했고요. 따로 입력해야 하니 지연이 좀 발생하지만 아무도 눈치 못 채요. 손가락이 보이면 큰일 나니까 조심해야 하죠. 일부러 삑삑, 덜컹덜컹 기계음 소리 내면서 타이밍에 맞춰 뚝 떨어뜨렸어요. 재밌죠? 으하하."

뭐? 사람이 자동판매기 안에 들어가서 일을 했다고?

"이번 주부터는 무인 편의점에서 일하게 됐어요. 아휴, 자동판매기보다야 훨씬 넓죠. 숨 좀 쉴 것 같더라고요. 요즘 고장 난 점포가 하도 많이 생겨서 암암리에 다들 사람을 구하고 있어요. 애초에 무인으로 설계한 가판대라 고장 난 곳이 외진 데 있으면 수리 기사가 찾아가기까지 시간이 걸리거든요. 최신 시스템이라더니 유지 보수에 손이 더 많이 간다고 하더라고요. 그 틈을 노리는 거죠!"

유민이 엄마는 고장 난 무인 점포들을 찾아다녔단다. 그리고 담당자에게 연락해 제안했다고 했다.

"고장 난 상태로 며칠 방치하시느니 저한테 일당을 주시면 수리 완료될 때까지 제가 관리해 드리겠습니다! 그렇게 딱 제안했죠. 그 사람들 내가 교통비 아껴준 셈이 되니까 그래도 법정

최저 시급은 챙겨주더라고요! 호호호!"

"고장 난 무인 가판대를 찾아서 일을 따내신 거군요! 대단하십니다!"

아빠가 감동한 듯 유민이 엄마를 치켜세웠다.

유민이 엄마의 제안을 반기는 관리자들이 의외로 많았단다. 특히 도심 외곽에 있는 점포는 한번 고장 났다고 알려지면 다시 찾지 않는 고객이 많았고, 그래서 공백 없이 관리가 잘된 상태를 유지하는 것이 중요하다고 판단하기 때문이었다. 유민이 엄마는 아빠에게 담당 구역을 나눠주기로 했다. 아빠가 오랜만에 환한 얼굴을 보였다.

"요즘엔 인력 소개소도 일을 찾아주질 못해요. 우리가 직접 틈새 일자리를 발견해 내야 한다니까요. 이런 게 6차 산업 시대의 일자리 찾기인가 봐요? 으하하."

유민이 엄마가 말할 때마다 특유의 밝은 분위기가 주위를 감쌌다. 유민이가 엄마를 위해 저녁밥값을 아껴가며 폐지를 먹어보려고 시도했던 걸 생각하니 마음이 짠했다. 아빠도 나를 보며 마음이 짠했던 거겠지.

*

그날 이후 두 사람은 무인 가판대, 무인 편의점, 무인 3D 프린터 김밥집 등을 찾아다니며 일했다. 급하게 사람들을 자르고 로봇들로 바꾸더니만, 고장 나 방치된 곳들도 많은 모양이었다.

그중에서도 값싸고 맛있는 3D 체인 김밥집 '삼디김밥'은 가성비가 좋아 인기가 높았고 전국 가판대에 원료를 리필하는 데만 해도 사람 손이 자주 갔다. 3D 프린터 기계가 몸살이 나겠다 싶더니 역시나 고장도 잦았다. 체인 김밥집 관리자들은 고민했다.

'3D 원료 리필을 넣을 사람을 고용하는 게 빠르고 값싼가, 사람이 김밥을 직접 마는 게 빠르고 값싼가?'

유민이 엄마와 우리 아빠는 두 가지 일을 다 하겠다고 단호하게 말했다. 둘은 그 자리에서 바로 채용됐다. 요즘처럼 '유연한' 위법이 장려되는 시대에 500원 낮아진 법정 최저 시급을 받을 수 있는 게 어디냐며 두 사람은 감격했다.

두 사람은 원료 리필 충전 일을 하다가 기계가 고장 나면 아예 그 안에 들어가 준비한 김밥 재료를 꺼내 김밥을 돌돌 말았다. 그러고는 기계음에 맞춰 배출구에 따끈한 김밥을 내밀었다. 사람이 땀 흘려가며 김밥을 말고 있는 중에도 가판대 화면에는

3D로 프린트되는 김밥 제작 영상이 흘러나오고 있었다. 소비자들은 가판대 안에서 사람들이 옛 방식으로 일하고 있는지는 까맣게 모르는 채 기술만 칭송했다.

"와, 요즘 3D 김밥 기술 진짜 엄청나다. 밥은 알맞게 따끈따끈하고, 근데 또 단무지는 시원해."

유민이 엄마와 우리 아빠는 숨죽여 웃었다. 일이 끝나면 3D 정수기가 만든 소주 맛 음료를 벌컥벌컥 마셨다. 다음 날 일정이 너무 많아서 차마 술은 마실 수 없었고 땀이 너무 많이 흘러서 충분한 수분 공급은 필수였다.

나의 배내똥 만들기는 중단되었다. 나는 매일 아빠에게 보고해야 했다. 오늘도 틀림없이 바나나 똥을 쌌다고.

"아빠! 나 오늘도 바나나 똥 쌌어! 엄청 굵었어!"

요 몇 달 사이 나는 3센티미터 정도 키가 컸다. 온종일 땀을 흘려 푸석푸석해진 얼굴로 아빠가 자랑스럽게 함박웃음을 지었다.

4

세상은 참 알 수 없는 곳이다. 갑자기 배내똥 거래소에서 땀

성분을 추가로 매입한다는 뉴스가 나왔다. 노동하며 흘리는 땀으로 만든 소금이 어마어마하게 고가에 팔린다는 것이었다. 그런데 단순히 몸을 움직이거나 더위를 식히려 흘리는 땀이 아니라 고달픈 일을 하면서 흐르는 땀이어야 값비싸게 팔렸다. 고통 없이 흘린 땀은 우리 아빠 똥이나 다름없었다. 언제는 사람이 일하는 게 로봇보다 못하다더니 왜 갑자기 땀이 비싸진 건지, 당최 알 수가 없었다. 그게 정말 노동하는 사람들의 땀을 소중하게 생각하는 것인지 특이하게 생산된 소금을 소중하게 생각하는 것인지 나는 구분이 가지 않았다.

유민이 엄마와 우리 아빠가 일하는 삼디김밥 판매대 안엔 에어컨이 없었다. 사람이 들어가 일할 것이라 예상하지 않았기에 애초에 설계되지 않았기 때문이다. 두 사람은 안에서 연신 땀을 흘렸고 그걸 작은 병에 담았다. 요즘엔 아예 사우나 슈트를 입고 뻘뻘 땀을 뺐다. 둘은 이제 투잡이 되었다며 기뻐했다.

"예율아! 밥 먹자!"

아빠는 월급을 받아 먹을 것을 왕창 사 오더니 냉장고에 차곡차곡 넣으며 엄하게 말했다.

"아빠가 이젠 일을 하니까 넌 절대로 식용 폐지를 먹어선 안 돼. 네가 그걸 먹는 순간, 그리고 배내똥을 팔러 나가는 순간,

넌 이 아빠 다신 못 본다."

"네! 아버님! 저는 평생 바나나 똥만 싸겠습니다!"

나는 아빠 앞에서 선서하고 또 선서했다. 먹고사는 일, 누군가를 먹여 살리는 일은 내가 다 클 때까진 어른들과 세상에 맡기겠다고 마음먹었다. 연약한 아빠에게 모든 걸 맡길 수 없다고 생각했었다. 나라도 뭘 해야 하나 싶어 책임감도 들었지만 내가 너무 어른스러운 바람에 아빠를 울게 만들고 싶진 않았다.

아빠와 함께 소박한 저녁을 나눠 먹었다. 파스타, 무침, 미트볼, 부침개 같은 음식이 원래의 투박한 모양과 소박한 색깔을 빛냈다. 나는 아빠 곁에 서서 아빠의 요리를 올려다봤다. 키가 조금 더 커서 아빠랑 시선이 똑같아지면 좋겠다. 아빠가 보는 세상을 나도 볼 수 있도록.

*

아빠가 코를 골며 잠든 것을 확인하고 나는 조용히 밖으로 나왔다. 유민이도 잠든 엄마를 깨우지 않으려 조심하며 밖으로 나왔다.

"유민아, 오늘 바나나 똥 쌌어?"

유민이가 고개를 끄덕였다. 돌고래 인형을 꼭 쥐고 있었다.

돌고래를 어지간히 좋아하나 보다.

"토요일에 우리 집에 와서 해양 VR 체험할래?"

유민이는 나를 보며 말했다.

"아쿠아리움 가고 싶어."

나도 가고 싶었다. 아빠 손을 꼭 잡고.

"엄마랑 아빠한테 쉬는 날 아쿠아리움 가자고 말해보자."

"응!"

우리는 사이 좋은 형제처럼 태연하게 잡담을 하다가, 신중하게 인적이 드문 골목을 골라 들어섰다. 유민이가 준비해 온 막대에 수건을 걸어 CCTV를 가렸다.

"형, 나 팔 아파. 빨리해."

나는 3D 프린터 기계들을 살짝 고장 냈다. 강력한 자석으로 화면과 결제 시스템을 망가뜨리자 화면이 검게 바뀌었다.

"됐다!"

유민이와 나는 서로의 얼굴을 바라보며 뿌듯해했다.

"엄마랑 아빠가 깨면 우릴 찾을 거야. 얼른 집에 가자."

우리는 손을 잡고 뛰기 시작했다. 우리 뒤로 어른들이 지나가며 말했다.

"어휴, 오랜만에 일을 했더니 몸이 뻐근해."

"그래도 일을 할 수 있어서 얼마나 다행이야. 이번엔 근로 계약서를 써줘서 얼마나 안심했다고."

"너무 안심하지 마. 체불 임금 조사관이랑 사업주는 한통속이야. 체불 임금보다 조사관 접대비가 싸거든."

소주 냄새가 풀풀 풍기지만 전혀 취하지 않은 사람들이 다음 날 이른 기상을 생각하며 서둘러 집으로 돌아갔다. 유민이와 나는 공중에서 손바닥을 척 부딪쳤다.

"유민아, 너는 커서 뭐가 되고 싶어?"

나는 유민이의 손을 잡고 집으로 돌아오며 물었다. 유민이가 진지하게 답했다.

"나는 돌고래가 될래."

"어…"

그런 건 될 수 없다는 말을 하려다가 나는 그냥 유민이의 머리를 쓰다듬어 주었다. 진짜로 사람이 커서 돌고래가 되는 날이 올지도 모른다. 헤엄치는 걸 좋아하는 사람이 진짜보다 더 진짜 같은 돌고래 로봇 안에 들어가 돌고래 대신 헤엄칠지도 모른다. 그럼 수족관에 사는 돌고래도 바다로 돌아가겠지? 세상은 후퇴하고 있다지만, 아빠는 내 손을 잡고 말했다. 이 세상이 제대로 돌아가도록 어떻게든 되돌려 놓겠다고. 그러니 너는 뭐든 꿈꾸라고. 하긴, 똥과 땀마저 비싸게 팔리는 세상이니까. 세상은 변하고 있으니까. 어떤 식으로든 지금보단 더 변할 테니까.

그런 날이 온다면, 돌고래 로봇 안에서 헤엄치는 사람은 행복할까? 놀듯이 일할지도 모른다. 어쩌면 로봇 돌고래 안에서 헤엄치며 흘린 땀까지을 모아 거래소에 팔아야 할지도 모르겠지만. 어떤 일을 하든 놀듯이 일하면 좋을 텐데. 나는 아빠에게 물었다. 어린이들처럼 아직 아빠를 먹여 살리지 못하는 사람도 세상에 쓸모가 있는 거냐고. 아빠는 또 조금 울먹이며 말했다. 쓰일 것을 생각할 필요는 없다고, 내가 존재하는 것만으로 고맙다고 말이다. 나는 그게 나의 쓸모라고 생각했다.

요즘 나는 매일 화장실에서 경건하게 기도했다.

"세상 모든 사람이 바나나 똥을 싸게 해주세요."

유민이의 손을 잡고 달리며 나는 한 번 더 기도했다.

'열여덟 살이 됐든 안 됐든, 밥을 먹든 똥을 싸든, 울고 있든 웃고 있든, 입에 풀칠을 하든 어딘가에서 똥칠을 하든, 돌고래든 사람이든, 누구나 존엄하게 생활하게 해주세요.'

미세 먼지가 두껍게 낀 밤하늘에 천천히 구름이 흘러갔다.

선샤인은 저 너머에

배명은

고모의 딸이 결혼했다.

"너넨 남들 다 하는 결혼도 못 하고 뭐 하는 거니?"

명절 때마다 시작되는 어른들의 결혼 재촉에,

"요즘 같은 시대에 결혼이 웬 말이에요? 그리고 우리는 못 하는 게 아니라 안 하는 비혼주의자라고요!"

혜인이는 같은 해, 같은 달에 태어나고 힘찬 농성까지 함께한 내 마지막 보루였다.

"그래. 가지 말아. 요즘 세상에 안 가는 사람 수두룩한데 뭐하러 가? 혼자 잘 먹고 잘살면 되지."

그런 혜인이의 결혼 청첩장이 날아오자 깨끗한 식탁 위를 연방 행주질하면서 엄마는 웬일로 날 두둔했다. 그러나 이어지는 말은 역시나였다.

"엄마 친구 연자 알지? 걔 딸은 결혼해서 돌잔치 한다더라. 당연히 간다고 했는데 돈만 나가고, 에휴, 뿌린 돈은 언제 걷나. 남들은 두 번이나 면사포 쓰고 이혼한다는데, 넌 엄마 죽으면 남편이나 자식도 없는데 나중에 어떻게 할래?"

어머니는 그렇게 내 가슴에 비수를 꽂았다. 한 번도 아니고 연거푸.

"너 공부한다고 뒷바라지해 주는 게 아닌데. 그 좋은 직장 구하면 뭐 하니? 좋은 때만 다 놓쳤잖아."

그날의 뒤끝은 길었다. 예전 같았으면 혜인이 핑계를 대서라도 모면할 자리가 없어진 셈이었다.

*

결혼식 당일, 신부보다 더 떨리는 마음으로 예식장에 입성하자 기다렸단 듯이 모든 친척이 달려들었다.

"혜인이가 가는데 너는 어떻게 하니?"

"너는 언제쯤 국수를 먹게 해주려고?"

"곧 가야지?"

"네 부모도 좀 생각하고 그래라."

"나이를 생각해야지. 너도 애를 낳아야 할 거 아니야?"

"내가 너 결혼하는 걸 보고 눈을 감아야 하는데 말이다."

처참했다. 기관총처럼 쏟아지는 공격에 그 어떤 대꾸도 하지 못했다. 혜인이라면 똑 부러지는 말로 대처했을 텐데. 가령, 혼자 잘 먹고 잘살면 되고 국수야 자신이 사주면 그만! 그리고 '준비가 안 된 자들에게 아이들만 괴로울 일을 왜 해야 하죠?'라고 멋진 반격을 했을 것이다. 벌써 혜인이 그리웠다. 나는 이어지는 잔소리를 피해 혜인을 찾아 신부실로 도망쳤다.

친구와 지인으로 복잡한 그곳에서 단연코 빛나는 사람은 신부 혜인이었다. 웨딩드레스가 그렇게 잘 어울릴 줄은 생각도 못했다. 아니, 믿고 싶지 않았을 뿐이다. 슬프고도 억울했다. 네가 가면 나는 어떡하라고! 그 순간 나는 그녀의 전 남친보다 더 참담한 심정이었다.

"혜주야! 안 그래도 기다렸는데. 이리 와, 일단 사진 찍자."

"그럴 기분이 아니야."

침울해 있는 내 손을 잡아끌고 그녀가 말했다.

"너한테 줄 선물이 있어. 그러니까 잔말 말고 사진부터 찍어.

친구가 그러는데 배보다 배꼽이 큰 결혼식에 남는 건 사진이래."

카메라맨이 큼직한 카메라를 들이대며 웃으라고 했다. 화사한 신부 옆에서 어정쩡한 미소를 짓는 내 모습이 번쩍이는 빛과 함께 재빠르게 카메라 안으로 사라졌다. 갑자기 오징어가 된 내 모습에도 카메라맨은 상관없어 보였다.

혜인이가 내게 건넨 건 결혼 정보 회사의 특별 이용권이었다.

"나도 엄마한테 권유받아서 간 곳인데, 이 바닥에서 최고래. 엄청 신기하더라. 나 완전 〈아바타〉 찍는 줄 알았다니까."

"그래서 이게 뭐라고?"

"솔로 구제 이용권! 처음엔 나도 부정적으로만 생각했어. 종종 첫눈에 반해 결혼까지 가는 사람이 있다는데 그게 내가 될 줄은 몰랐지. 연애는 따지고 해도 결혼은 적당한 자리가 있으면 하는 게 좋다고 누가 그랬잖아. 일에 치여 힘들게 퇴근했을 때 밥상 차리고 기다리거나 아프면 약 챙겨주거나. 나는 우리 자기가 문득 치미는 그 외로움을 함께할 사람이란 걸 깨달았어. 그러니 너도 한번 가봐. 그런 사람들에게 홍보하라고 특별 쿠폰 주는데 내가 진심, 네가 눈에 밟혀서 그래. 나 없이 혼자 친척들한테 깨지지 말고, 지금이라도 당장 가봐."

나는 식장 구석 의자에 앉아 신랑의 대학교 교수님이 읊는 주례사를 귓등으로 흘리며 봉투를 열었다. 내리쬐는 조명에 카드가 황금빛을 내며 드러났다.

  - 특별 이용권. 당신의 운명을 기다리십니까? 초/재혼 기쁘게 모십니다. 200퍼센트 보장 -

결혼 정보 회사, 선샤인.

남편의 손을 잡고 화사하게 웃는 혜인이를 보면서 그녀의 말을 곱씹었다.

일은 늘 바빴다. 일을 해치우는 데는 숙련되었지만, 연애에 할애할 시간은 없었다. 비록 전셋집이라도 내 집이 있었고 혼자 밥을 먹는 것도 혼자 휴식을 취하는 것도 익숙했다. 그러나 그녀의 말처럼 문득 치미는 외로움. 그 외로움이 나라고 없었을까.

근처 편의점에서 과일이나 신선 식품을 살 때 혼자 먹기는 많아 냉장고에서 썩어가는 게 일상이며 일찌감치 결혼한 친구들과 만나면 그들은 남편 이야기, 자식 이야기를 줄줄이 늘어놓곤 가족들이 있는 집으로 황급히 돌아갔다. 그럴 땐 누가 옆에 있었으면 좋겠다고 생각한 건 사실이다. 그렇다고 정녕 이게 답일까.

나는 금빛으로 빛나는 이용권을 아무렇게나 주머니에 넣었다.

*

"공무원 6급. 연봉 5,000만 원에서 7,000만 원 사이. 자기 분야에선 베테랑 소리 듣지만, 딱히 데이트할 시간도 없고 사람을 만나는 게 피곤해. 이 나이에 누군가를 만나서 탐색전이라니! 시간 낭비야."

회사 근처 포차집. 숨이 차도록 생맥주를 마시는 보육아동과 심하나 과장님을 마주 봤다. 그녀는 목 끝까지 채운 단추를 두 개 정도 풀고 한숨을 내쉬었다. 마른오징어 다리를 하나 건넸다. 과장님은 단정히 빗어 넘긴 머리를 헝클이며 다리를 입에 넣었다.

퇴근하던 중에 엘리베이터에서 과장님을 만났고 갑자기 붙들려 이곳으로 왔다. 평소엔 데면데면하던 사이지만 그녀와 나 사이엔 의외의 공통분모가 있어 종종 이렇게 술자리를 가지곤 했다. 바로 그녀와 나 모두 외톨이 신세라는 것. 각자 친하게 지내던 직원 그룹이 있었는데 다들 결혼하고 각 그룹에서 남은 사람은 우리 둘뿐이었다.

"어릴 때 한창이던 결혼 러시가 지나가자 연애도 뚝 끊겼다고 생각했어. 자기도 그렇지? 그런데 한참 드물다가 요새는 나 좋다는 사람들이 있어. 문제는 그 사람들이 다 하나씩 뭐가 빠져. 도박하거나, 빚이 많거나, 알코올 중독자거나, 손버릇이 안 좋거나. 그런데 거절하면 영원히 기회가 없을 것 같아."

"그래도 만나면 안 되지 않을까요?"

과장님은 남은 맥주를 다 마셔버리고 한 잔 더 주문했다.

"오늘 시 지원금 때문에 어린이집 원장들이 몰려와서 시위했는데, 한 원장이 네가 애를 낳아봤냐고 소리치는 거야. 현타가 와서. 내 나이가 마흔다섯이야. 평생에 일 잘한다고 베테랑 소리 듣는 사람인데 애를 안 낳아봤다고 무시를 당해야 하냐?"

상당히 충격적이다. 지금은 좌절하고 있지만, 과장님은 멋진 선배다. 능력자에 강단 있고 국장을 들이받는 탱커라는 별명을 가진. 이런 사람도 결혼에선 자유롭지 못하다니. 남의 일도 아니다. 언젠간 나도 습관처럼 듣게 될지도 모를 말이었다. 씁쓸함에 분위기는 숙연해졌다. 아무런 위로의 말도 하지 못한 내 마음을 아는지 그녀가 말을 이었다.

"윤 팀장도 노인복지과에서 일하면서 이래저래 생각 많이 했을 거 아니야. 어르신들 보면서 미래에도 혼자 있을 자신이 생겨? 고독사도 남의 일이 아니잖아. 안 무서워? 언니라서 해주는 말인데 기회가 왔을 때 결혼하자. 마음에 드는 남자? 찾지 말아.

다 유부남이니까."

새로운 술이 왔다. 그녀는 자조적으로 술을 홀짝이며 중얼거렸다.

"죽여버릴까? 비리 목록 다 까발려? 히히히."

*

서울 강남에 위치한 회사 건물은 본사답게 드높고, 눈이 부셨다. 로비마저 화려해 발을 들여놓고 보니 나 자신이 초라하게 느껴질 정도였다. 나는 속으로 중얼거리며 도망치지 않도록 자신을 설득했다.

결혼이 꼭 필요한 건 아니야. 특별 이용권이 있으니 그냥 한 번 보는 거지. 이런 거 잘 모르지만, 어련히 알아서 잘해주겠지.

하늘색 유니폼을 입은 짙은 화장의 여자가 웃는 낯으로 날 반겼다.

"환영합니다, 고객님. 예약하셨습니까?"

나는 구깃구깃한 이용권을 내밀었다. 여자의 분홍 입술이 호를 그리며 고개를 끄덕였다. 단정한 단발이 찰랑거렸다.

"저는 커플매니저 김미진이라고 합니다. 이런 곳 처음이시죠? 긴장 많이 하셨나 봐요. 자, 이리로 오세요. 여기에 앉아 계시면 제가 테스트를 하실 수 있도록 준비해 오겠습니다. 기다리시는 동안 차 좀 드릴까요?"

높은 톤으로 구슬이 쟁반에 굴러가듯 미진이 빠르고 정확하게 물었다. 나는 물을 주문했고 그녀는 다시 활짝 웃었다.

미진이 내미는 태블릿으로 나는 신상 정보와 개인의 취향에 대한 소소한 질문, 원하는 이상형 그리고 만남의 스타일 등 다각도의 객관식 질문에 답한 다음 겨우 사인까지 마치고 그녀에게 건넸다. 미진은 태블릿 펜으로 무언가를 계속 터치했다.

"시청 노인복지과 팀장님이시라니 아주 멋지세요. 공무원이란 직종은 어딜 가나 플러스 요인이랍니다. 취미가 독서, 음악 감상. 잔잔한 걸 좋아하시네요. 물론 같은 취향의 모임도 있습니다만 그렇다고 너무 걱정하지 마세요. 혹시 모르잖아요. 다른 취미를 가진 분과도 잘 통하실지."

미진이 빙그레 웃으며 눈을 찡긋거렸다.

"테스트 결과 현재 고객님의 등급은 C등급으로 나오셨어요."

내 등급이 C라니? 조금은 충격적이었다. 플러스 직종이라며? 그렇다면 마이너스도 있단 뜻인가? 나이? 신체 조건? 그 이유를 묻는 것마저 자존심 상했다. 굳어진 표정을 본 미진이 급히 말했다.

"우선 특별 이용권으로 진행된 테스트라 유료 회원분이 하는 테스트와는 사실상 다른 부분이 있어요. 유료는 좀 더 세밀한 테스트로 언제고 등급이 바뀝니다. 일단 고객님은 초혼 서비스에 일대일 만남이 아닌, 단체 모임으로 시작할 겁니다. 단체 모임이라 시간이 소요된다는 단점이 있지만, 편안한 분위기에 자유롭다는 장점이 있죠. 섹션마다 테마 설정이 되어서 비슷한 취향과 관심사를 가진 회원님들과 매칭이 되죠. 당연히 커플 성사가 될 확률이 높습니다. 하시다가 조금 더 마음에 맞는 분을 찾고 싶다는 욕심이 나잖아요. 그때 유료 회원으로 전환하시면 보다 많은 서비스가 있으니 이걸 꼭 읽어보세요."

그녀는 앞에 있는 팸플릿을 건넸다. 그곳엔 여러 서비스가 존재했는데 가입비와 본인의 능력, 직종에 따라 서비스가 분류됐다. 이용권으론 한계가 있으니 유료 회원으로 가입하라는 말을 돌려서 말하는 듯했다.

"자 여기 보세요!"

그 말에 팸플릿에서 시선을 떼고 앞을 보니 찰칵이는 소리가 들렸다.

"프로필 사진이 필요해서요. 아주 잘 나왔네요."

어안이 벙벙했다. 대충 찍었는데 정말 잘 나왔다고? 속마음을 알아챘는지 미진이 이어 말했다.

"아, 걱정하지 마세요. 이건 저희만 공유하는 겁니다. 담당 관리자가 숙지해야 할 사항이라서요. 나중에 회원 가입하시면 그때 제대로 된 사진이 필요한데, 지금은 아니죠."

즉, 이용권으로 온 사람이기에 중요치 않다는 것이었다. 기분이 상해서 입술을 삐죽였다. 태블릿 위를 바삐 오가는 미진의 손에서 시선을 떼고 주위를 둘러봤다. 상담하는 사람들이 꽤 많았다. 그나마 결혼 걱정을 하는 게 나 혼자가 아니어서 위안이 됐다.

"다른 회사는 철저하게 선진 매칭 시스템을 자랑한다느니, 모 유명 대학교 심리학과 교수를 모셔다 질 높은 컨설팅을 제공한다느니. 탤런트 앨리스 김 씨도 이런 회사 차리셨잖아요. 그분이 이 업계에서 1위였었는데 저희 선샤인이 런칭되고 나서부턴 1위를 내어주게 됐죠. 저희는 최첨단 네트워크 매칭 시스템을 자랑한답니다. 가상의 데이트 공간 제공으로 적절한 시간 활용이 가능하고, 국내외 거리적 제한이 없어졌죠. 실시간 통역은 기본이니 꽤 많은 확률의 해외 만남이 성사됐어요. 게다가 외국에 오랫동안 거주해 온 교포분들은 국적자를 선호한답니다. 저희 선샤인 덕분에 다양한 고객분들이 다양한 가상의 장소에서

238

데이트하며 성혼에 이르죠. 물론 가상의 데이트 장소 제공은 유료랍니다.

컴퓨터와 연결된 몸이 수면 상태로 들어가면 그와 동시에 의식의 흐름이 지정된 시스템 공간으로 이동하게 됩니다. 그곳에서 시뮬레이션하게 될 거예요. 물론 이것은 검증받은 검사고요. 항시 박사님들과 의사 선생님들이 대기 중이랍니다. 고객님은 특별 이용권이기 때문에 2차만 무료로 진행됩니다. 걱정하지 마세요. 많은 분이 1차에서 운명의 상대를 만나시거든요."

물 한 잔을 마실 때까지 미진은 쉼 없이 설명했다. 혜인이가 〈아바타〉를 경험했다고 한 말이 떠올랐다. 컴퓨터로 몸을 연결하는 모습을 머릿속에 그려봤다. 혜인이가 선탠기 같은 곳에 들어가면 반대편 공간에서 시퍼런 나비족이 나왔다. 얼굴이 저절로 찌푸려졌다.

"절 따라오세요."

미진이 앞장섰다.

*

우리는 엘리베이터를 타고 5층으로 올라갔다. 푹신한 카펫이 깔린 하얀색 복도 양옆에 대여섯 개의 빨간색 문이 있었다. 나는 그중 한 방으로 안내되었는데 열린 문 너머 맞은편에 직사각형의 창이 보였다.

한 남자가 침대에서 자고 있다. 머리와 심장과 손에 전극이 부착되었고 그의 표정은 편안했다. 그 옆에서 가운을 입은 남자가 기계를 들여다보며 차트에 무언가를 체크했다. 기계에선 일정한 심장 박동 소리가 들렸다.

"저분은 저희 회사 시뮬레이션 담당자분이에요. 가상 세계에서도 관리자가 필요합니다. 그곳에서 고객님들께 도움을 주고 시스템의 에러를 발견해서 보충도 하고요. 저분처럼 고객님의 몸은 편히 누워만 있는 게 다입니다."

미진은 바로 옆방으로 나를 이끌었다. 영화에서나 봤을 법한 기계들이 가득한 그곳엔 몇 대의 모니터가 있었는데, 누워 있는 남자가 모니터 속에서 움직였다. 그는 단풍으로 물든 숲에서 여러 사람을 확인했다. 그의 시선이 모니터 정면을 응시했다.

"음악 소리를 다시 한번 확인해 주세요. 노이즈가 심하네요."

앞에 앉은 남자가 마이크에 대고 알았다고 대답한 후, 키보드를 만지작거렸다. 프로그램 코드를 재입력하자 모니터 속 남자가 손으로 오케이 사인을 했다.

"이곳에서 가상 세계에 있는 관리자의 의식을 확인할 수 있어요. 꿈을 꾸는 것과 같아요. 다만 그 꿈에선 꾸는 이가 자각을 하고 행동을 한다는 거예요. 저기에 있는 사람들은 국내외로 있는 저희 지사에 방문하신 분들이죠. 각기 레벨마다 걸맞은 섹션이 여러 개 있어요. 각 섹션에서 다른 형식으로 파티가 열려요. 어때요? 재밌겠죠?"

미진의 눈이 반달이 됐다. 어벙한 표정으로 나는 모니터를 응시한다. 숲 곳곳엔 텐트가 쳐졌고 남녀들이 삼삼오오 모여 모닥불을 에워싸고 대화 중이다. 정말로 그들은 무척 즐거워 보였다. 심지어 그들은 음료가 든 컵을 손에 들고 있었다.

"뭘 먹을 수도 있어요?"

내 질문에 미진은 아이를 바라보는 부모의 눈으로 차근히 설명했다.

"물론 실제로 먹는 건 아닙니다. 뇌를 속이는 거죠. 음식에 반응하는 뇌파를 자극하면 미각을 느낄 수 있어요. 아는 맛이 무섭다고 하죠. 꿈을 생각하시면 이해가 될 거예요. 꿈에서 짜장면을 먹을 때 그 맛은 맛집 저리 가라잖아요?"

"그럼 간단한 검사를 하고 시작하겠습니다."

나는 침대에 누웠다. 의료진인 한 여자가 주사를 들고 왔다.

"자, 오래 기다리셨죠? 가상 세계에 가기 전 주사를 맞으실 거예요. 이건 당연히 FDA에서 승인받았고요. 깊은 잠으로 유도되는 약이랍니다. 하지만 의식은 컴퓨터와 연결되는 거예요. 너무 걱정하지 마세요. 200퍼센트 안전 보장. 아시죠?"

업계에서 유명하다면 하루에도 열두 번은 넘게 미진은 같은 말을 쉴 새 없이 반복했을 것이다. 그래서 틀리는 곳도, 멈춰 버벅거리는 법도 없이 정확하고 또렷하게 문장을 구사할지도 몰랐다. 그녀가 하는 말엔 일에 대한 자신감과 신뢰가 있었다. 주사를 맞은 팔에서 홧홧한 열기가 피어올랐다. 미진의 모습이 가까워졌다, 멀어졌다 반복한다. 그녀가 제 가슴팍에 있는 회사 로고 선샤인 배지를 가리켰다. 원형의 노란색 얼굴이 활짝 웃는 모 회사와 비슷한 로고로 지금에서야 말하지만, 무척 촌스러운.

"그곳에서 하시는 행동은 분명 고객님의 자의입니다. 프로그램은 모든 걸 대응해요. 잘 모르시면 호출 버튼을 눌러 질문하시면 돼요. 제가 대답을 할 겁니다."

그 말을 내가 들었는지 의문이었다. 빠르게 깜빡거리는 눈꺼풀이 무겁다고 생각한 순간 짙은 어둠이 펼쳐졌다. 저편에서 규칙적인 기계음이 들려왔다. 작았던 소리가 점차 커졌다. 심장 박동 소리 같다. 소리는 나를 지나쳐 뒤로 밀려갔다. 저 멀리로 기계음이 사라지고 그곳에서 하얀색 구형이 떠올랐다. 가까이 다가오자 그건 문으로 변했다. 멈칫거리다가 문을 밀었다. 그 안에서 눈이 부신 빛이 새어 나와 눈을 질끈 감았다.

다시 눈을 떴을 땐, 단풍이 가득한 숲에 서 있었다.

*

[가을 캠핑 구간]

사람들의 웃음소리가 들렸다. 높낮이가 다른 사람들의 목소리와 아까 모니터에서 들었던 음악도 들렸고, 나무 타는 냄새마저 나자 전율을 느꼈다. 후각도 느껴진단 말인가! 나는 내 볼을 꼬집었다. 아프다. 꿈은 아프지 않잖아!

"헐, 대박!"

저 멀리서 한 남자가 나를 불렀다. 그의 머리 위에 관리자라는 문구가 떠 있다. 지나치는 사람들 머리에도 작은 창이 있는데 그 창엔 시간, 분, 초가 빨간 글씨로 찍혔다. 초 단위의 숫자가 빠르게 줄어들었다가 다시 차올랐다. 제각각 다른 시간이 있는 거로 보아 남은 시간이 표시되는 듯했다. 내 머리 위에는 몇 시간이 표시되어 있을까 궁금하여 고개를 들었다. 1:56:45. 마치 게임 속 같다. 헐, 대박! 손을 갖다 대자 깜박이던 시간이 바뀌어 이름 창이 나왔다.

내 이름 옆엔 C-100045란 코드명이 있었다. 그게 무얼 뜻하는지는 몰라 관리자에게 물었다.

"이게 무슨 표시죠?"

"아, 코드명은 취향, 가치관을 말하죠. 지금은 본인만 볼 수 있지만, 상대방과의 동의하에 정보를 교환할 수 있습니다."

관리자가 내게 회사 로고가 있는 배지를 주었다. 미진이 말한 호출기였다.

"저기 은사시나무가 보이죠? 그 밑 텐트가 윤혜주 님이 머무실 방입니다. 하고 싶은 거 하시면 됩니다. 배가 고프면 음식도 준비가 되어 있고, 음료도 준비되어 있습니다. 다니시다가 이성과 대화하셔도 괜찮습니다. 뭐 그게 목적이니까요."

다른 이의 부름에 관리자는 인사와 함께 사라졌다. 나는 지정된 나의 텐트로 향했다. 어디선가 미진의 목소리가 들렸다.

"윤혜주 님, 고객님 제 목소리가 들리세요?"

나는 주위를 둘러보다가 고개를 끄덕이며 대답했다.

"네."

"어디 불편하신 건 없으세요?"

"네."

"그럼, 이제 고객님이 하고 싶으신 대로 파티를 즐기세요. 배지가 호출 버튼이니까 그 버튼을 누르시면 제가 대답해 드릴 거예요."

"네."

잔디가 깔린 바닥에 발을 조심히 내딛고는 바로 옆 아름드리 느티나무의 표면을 만져봤다. 꺼끌꺼끌한 느낌이 들어 저도 모르게 콧방귀가 나왔다. 전혀 가상 세계 같지 않았다. 고개를 들어 하늘을 보면 나뭇잎 사이로 푸른 하늘이 보였고, 낮게 깔린 클래식 음악 사이로 지저귀는 새소리도 들렸다. 미풍에 머리칼이 흔들렸다. 가끔 낙엽이 눈처럼 흩날렸다.

남녀들이 크게 웃었다.

"저는 IT 계열 프리랜서예요. 보시다시피 서른네 살이고요. 부모님께 이곳 이야기를 들었거든요. 늦은 나이라고는 생각하지 않는데 어른들은 그렇지 않은가 봐요. 게다가 프리랜서라는 게 집에서 작업하는 일이라 더 불안하신가 봐요. 제가 결혼을 못 한 이유가 그 때문이라고 생각하시거든요. 그런데 이곳에 온 게 후회되지는 않네요. 여기 가상 프로그램 정말 대단해요. 이런 일을 하는데도 도무지 믿기지 않네요. 이것 때문에 더 자주

올 것 같아요. 물론 이곳에서 제 짝을 만나면 더 좋고요."

나는 이 세계를 알아보고자 한 무리의 남녀 사이에 조용히 앉았다. 모닥불을 가운데 두고 둘러앉은 사람들은 끊임없이 이야기했다. 잠시 잠깐 새로운 인물을 환영했으나 그렇다고 주의 깊게 관심도 주지 않았다.

사람들은 서로가 원하는 이성을 훑었다. 마치 눈치 게임 같았다. IT 프리랜서라는 남자가 불쌍해 보일 지경이다. 알아들을 수 없는 컴퓨터 용어들에 사람들은 아예 귀를 닫았다. 뭐 남자는 상관없어 보였다. 그의 말처럼 미팅보다는 직업적인 호기심으로 가득해 보였으니까.

모닥불 연기가 내 옆의 여자한테 향하자 그녀의 옆에 앉은 남자가 손으로 부채질을 해 걷어냈다. 여자는 고마운 미소를 지어 보였는데 둘 사이에 핑크빛 기류가 흐르고 있었다. 덕분에 매캐한 연기는 내 차지였다. 눈이 매워 마실 음료를 가지고 온다고 하고 자리에서 일어났다.

아무래도 모두가 처음 만나는 자리로 가야겠다. 옹기종기 모인 사람을 지나치며 분위기를 알아보려고 잠깐 타인의 말들을 엿들었다. 괜히 예의가 아닌 것 같아 찝찝했지만, 어렵지 않았다. 저마다 소리 높여 자신의 장점을 나열했기 때문이다.

"저는 이곳에 네 번째 방문이에요. 많은 사람이 있었지만, 마음에 와닿는 여성분은 없더라고요. 사람이 많아서 그런지 자리 이동률이 많은 것 같아요."

"네, 그런 거 같네요."

"조금이라도 본인 마음에 들지 않으면 자리에서 일어나더라고요. 저는 부모님을 모시고 있고, 누나 부부도 함께 한집에 살아요. 차는 있지만, 연식이 좀 오래됐어요."

"아, 그러세요? 저 속이 좀 안 좋아서 잠시만요."

여자가 자리에서 일어나 황망한 듯 쳐다보는 남자를 두고 나를 지나치며 투덜거렸다.

"앉은 지 몇 초 만에 뭔 개소리야?"

이번엔 한 여자를 두고 세 명의 남자가 둘러앉았다. 세 명의 남자는 서로를 견제하면서 앞의 여자에게 시선을 향했다.

"세영 씨, 이번 주엔 뭐 하세요? 저랑 남해로 요트 타러 가시지 않겠어요? 경치가 아주 끝내줍니다."

"무슨 말이야? 이번 주에 전국적으로 비가 온다고. 그러지 말고 저랑 분위기 좋은 호텔 레스토랑에서 야경을 보며 저녁을 먹을까요, 세영 씨?"

"죄송해요. 저 그날 촬영이라서 새벽에 끝날 것 같은데 어쩌죠?"

"그럼 제가 모셔다드리겠습니다."

얼굴은 웃고 있지만, 살벌하게 눈으로 욕하는 남자들의 기 싸움에 나는 고개를 내저었다. 나는 어디든 여러모로 경쟁하는 곳에 절대 끼어들지 않겠다는 다짐을 하고 발걸음을 빨리했다. 곳곳마다 웃음이 끊이지 않았다. 이곳저곳 눈치를 보느라 정신이 없고 현기증마저 났다. 나는 나무 사이에 서서 숨을 골랐다.

그다음 합류한 무리의 분위기는 화기애애했다. 특정 남녀만 사이가 좋은 것이 아닌 그 그룹에 속한 전체가 마치 학창 시절 같은 반 친구들이라도 되는 것 같았다. 너무 마음이 맞는 나머지 현실에서도 만나자며 다들 너나없이 전화번호를 교환했다. 나도 처음에는 잘 어울렸지만, 막상 현실에서 이 사람들과 만날 생각을 하자 평소 사회성이 전혀 없는 것도 아니었는데 부담감이 커 그 자리에서 슬그머니 일어났다.

몇 번의 무리에 끼었다가 빠졌다가를 반복하자 내 뇌가 나에게 신호를 보내는 것 같았다. 당이 부족해. 나는 다과가 준비되었다는 곳으로 향했다. 핫초코라도 마시면서 당을 보충하고 심기일전을 해볼 요량이었다. 살짝 설레기까지 했다. 정말 달달한 핫초코 맛일까. 붉은 단풍나무 사이로 보이던 파란 하늘이 어느새 노랗게 물들었다. 배경 음악으로 잔잔한 기타 선율이 흘렀고

허스키한 여자의 목소리가 울려 퍼졌다. 음악에 집중하니 기분이 한결 편안해졌다. 나는 오솔길을 지나 낙엽이 깔린 오르막을 올랐다. 낙엽이 쌓인 곳을 밟자 운동화가 미끄러졌다. 몸이 기울고 뒤로 나자빠지리란 생각에 심장이 덜컥였다.

이 많은 사람 앞에서? 안 돼!

그때, 누군가의 손이 나의 오른팔을 잡아챘다. 덕분에 나는 몸을 바로 했고, 오른팔을 잡은 한 남자의 큰 손을 볼 수 있었다. 남자는 낮은 감탄사를 내뱉었다.

"와, 봤어요?"

"네?"

나보다 큰 키의 남자가 허리를 숙여 말간 얼굴을 들이밀었다.

"내 순발력! 나 아니었으면 넘어질 뻔했어요."

그가 웃었다. 그 미소가 너무 반짝여서 조명에 눈부신데도 그 미소 때문이라고 착각할 정도였다.

"낙엽 쌓인 곳은 밟으면 안 돼요. 이렇게 미끄러지거든요."

"아, 네. 고맙습니다."

심장이 여전히 덜컥였다.

"여기 정신없죠? 너무 사람들이 떠들어 대서 정신이 혼미할 정도라니까."

그가 점퍼 주머니에 두 손을 넣었다. 그리고 주변을 쳐다보다가 머리를 긁적였다.

"나만 그런가?"

"아, 아니에요!"

급하게 말하다가 저도 모르게 큰 소리를 내서 입을 틀어막았다. 그가 다시 해맑게 웃었다.

"바빠요?"

"아니요, 음료수 좀 마시려고요."

"잘됐다."

"네?"

"음료수 다음엔 별일 없으신 거죠?"

"네."

그가 가로등 밑 벤치에 앉았다.

"그러면 여기에서 기다릴게요. 저랑 놀아줘요."

"왜요?"

나와 놀고 싶어서 나를 기다려 주는 남자라니. 믿기지 않아서 물었다. 몇 년 동안 느껴보지 못한 충격에 얼뜨기처럼 물었다. 나의 멍청한 질문에 그가 웃었다.

"나의 순발력을 알아준 여자라서?"

이번엔 내가 웃었다.

혜인이가 말했던 첫눈에 반한다는 게 이런 느낌일까? 가슴이 간질간질하고 입가에서 웃음이 사라지지 않는다. 이곳에 처음 와서 끊이지 않던 웃음이 이제는 친근했다. 나도 그들처럼 소리 내어 웃고 싶었다. 다과가 준비된 곳까지 가는 걸음이 가볍다. 배경 음악마저 사랑스럽게 통통 튄다.

음료를 컵에 따르면서야 뒤늦게 그 남자의 이름조차 묻지 않았다는 것을 깨달았다. 아쉬움에 마음이 급해졌다. 다시 남자에게 돌아가면 물어볼 질문들을 꼽아보았다. 이름은 물론이고 그가 좋아하는 것들. 서로 공감을 가질 것들. 영화나 음악이나, 이곳에 오기 전 써 내려갔던 취향들. 그 많은 것 중 단 몇 개라도 나와 같았으면 좋겠다. 그러면 그것에 대해 더 많이 대화할 수 있으니까. 대화가 끊임없이 리듬을 타고 이어질 테니까.

즐거운 상상을 하는데 그만 컵을 놓치고 말았다.

플라스틱 컵이 바닥에 몇 번 튕기다가 또르르 굴렀다. 그리고 커다란 전나무 너머 계단 밑으로 떨어졌다. 파티 지역과 정 반대 방향이었다. 나는 당황하며 컵을 쫓아갔다.

계단 입구에서 잠시 멈춰 섰다.

그 너머로 유리 한 장을 덧댄 것처럼 공간이 어그러져 보였다. 그 너머는 한적했고 드문드문 가로등 불빛만이 보였다. 컵은 세 번째 계단에 있었다. 나는 아무 생각 없이 계단을 내려가 컵을 집어 들었다.

삐이- 삐삐삐-

갑자기 비상벨과 함께 경광등이 번쩍였다. 당황한 난 주위를 두리번거렸다. 숲이 일렁거리며 지진이라도 난 것처럼 땅이 울렸다. 겁이 나 급히 계단을 올랐다. 다음 계단을 오를 때 내가 선 자리가 엘리베이터처럼 밑으로 추락했다. 점점 높아지는 계단 턱을 용케 붙잡았을 때 땅은 이미 저만치 밑으로 사라졌다. 나는 절벽에 매달린 것처럼, 아니 계단처럼 생긴 절벽에 매달렸다. 비명이 나왔다.

"으아악! 살려주세요!"

경광등은 열심히 번쩍였고, 나는 열심히 소리쳤다.

그 어디에서도 그 누구에게서도 이런 위험이 있으리란 말은 없었다.

"아, 왜 아무도 안 와! 저기요! 여보세요! 사람이, 죽어요!"

모니터링하는 사람이 없는 건지, 프로그램 내에서 안내하는 사람이 없는 건지. 그 모두에게 욕이라도 하고 싶었다. 점점 손에선 힘이 빠지는데 구하러 오는 사람이 없다. 바닥을 내려다보니 까마득한 어둠이다.

"싫어!"

그때 난 내 가슴에 있는 배지를 봤다. 번뜩 스치는 무모한 생각에 울음이 터졌다.

"엄마, 나 미쳤나 봐."

호출 버튼이 생각났다. 두 팔로도 간신히 매달렸는데 한 손으로 버티며 그걸 눌러야 한다는 생각에 아연실색했다. 하지만 다른 수가 없었다. 어쩔 수 없이 몇 번의 울음 섞인 괴성을 지르고 나서야 한 손을 뗄 수 있었다. 오른팔만으로 매달린 채 안간힘을 쓰며 왼손으로 배지를 쥐었다.

버튼을 눌렀는지도 모르겠다. 안 좋은 직감대로 결국 오른팔이 얼마 못 버티고 떨어졌기 때문이다. 내 머리 위의 시간이 급격히 줄어들었다.

*

삐— 삐, 삐, 삐.

눈 부신 빛이 사라지고 귓가에서 심장 박동을 대신하는 날카로운 전자음이 들렸다. 당황한 사람들이 컴퓨터 자판을 치며 소리쳤다.

"어떻게 된 거야?"

나의 담당자 미진이 누군가에게 다급하게 물었다.

"갑자기 에러가 떴어. 어떤 코드도 먹히지 않아!"

나는 기계 소리에 눈을 떴다. 날 선 신호음이 점점 빨라졌다. 흐릿한 미진의 뒷모습이 보였다. 이대로 깨어나는 건가? 마음을 놓고 긴장이 풀리려는 찰나에 갑자기 무척이나 아쉬웠다. 나를 기다리고 있을 그 남자, 순발력 참 좋은 남자. 그 사람이 내 운명이면 어떡하지? 다신 그런 사람을 못 만나면 어떡하지? 거기까지 생각이 미치자 나는 눈을 질끈 감았다. 그 사람을 다시 만나야 했다.

"갑자기 왜? 이런 일 없었잖아!"

"몰라!"

미진의 날카로운 목소리가 자꾸만 가물거리는 의식을 깨웠다. 제발 그 입 좀 다물어 주면 좋을 텐데.

"고객 상태는 어때?"

누군가의 물음에 컴퓨터를 들여다보던 미진이 내게 다가왔다.

"혈압과 맥박이 상승했지만, 걱정할 단계는 아니에요."

그녀의 말에 그렇다면 다행이라고 누군가가 읊조렸다. 잔뜩 잠에 취해 뭉개진 발음과 고장 난 테이프처럼 늘어지는 목소리로 보아 반쯤 깨어난 내 몸이 나도 모르게 잠꼬대처럼 대꾸한 것 같았다.

*

발밑이 꺼졌다.

"엄마악!!"

몸이 크게 흔들렸다. 어딘가에 안착한 것 같다. 숨을 몰아쉬었다. 죽었구나 싶었는데 숨을 쉬다니. 태엽을 감는 큰 소리에 눈을 떴을 땐 오르막을 오르는 작은 기찻길이 보였다. 눈을 몇 번 끔벅였다. 하얀 조명이 가득한, 익숙한 놀이기구들이 옆으로 보였다.

'왜 여기에 있지? 분명 계단 절벽에서 떨어졌는데.'

지금 내가 앉은 자리는 롤러코스터 앞자리였다. 이거 혹시 지옥의 급행열차인가? 잔뜩 겁에 질려 있었는데 누가 불쑥 나에게 말을 걸었다. 경황이 없어 옆에 누가 앉아 있는 줄도 몰랐던 나는 화들짝 놀라 고개를 돌렸다.

"안녕하세요. 새로 접속하셨나 봐요. 갑자기 나타나셔서 놀랐어요. 긴장되시죠? 그거 아세요? 인터넷 신문에서 봤는데 소개 팅을 할 때 롤러코스터를 타면 잘될 확률이 크대요. 무서워서 두근대는 걸 상대가 마음에 들어서 두근대는 거라고 착각을 하는 거죠. 그리고 이것도 아시나요? 여기 롤러코스터는 가상 세계에서 프로그래밍이 된 거라 세계에서 가장 무서운 롤러코스터들을 분석해 가장 짜릿한 스릴을 맛볼 수 있대요."

상황 파악이 안 된 나는 어떻게든 후들거리는 손과 다리를 진정시키려 했다. 옆에서 남자가 무슨 말을 하는지 알아듣지 못했다. 나의 당황한 모습을 남자는 흐뭇하게 쳐다봤다.

"뭐라고요?"

"그쪽 얼굴 보니까 확신이 드네요."

"무슨… 확신이요?"

"절 무척이나 마음에 들어 할 거라는 확신이요."

새침한 표정으로 하는 그의 말에 그만 진심이 입으로 튀어나왔다.

"그게 무슨 개소리… 끄아악!"

눈앞에 펼쳐진 내리막길과 회오리 구간과 큰 원의 궤적을 본 순간 나는 잊고 있던 사실 한 가지를 떠올렸다. 나는 롤러코스터를 못 탄다.

끝도 없이 이어지는 급강하 코스에서 살려달라고 고래고래 소리를 친 끝에 나는 간신히 롤러코스터에서 내릴 수 있었다. 갑작스럽게 중단된 롤러코스터에 함께 타고 있던 사람들은 모두 흥이 깨졌다는 표정으로 원망하듯이 나를 노려보았다. 나는 후들거리는 다리로 간신히 롤러코스터에서 내려 밖으로 나와 벤치 위로 쓰러졌다. 아직도 속이 울렁거렸다. 놀이동산은 정말 쥐약이다. 내가 왜 이곳에 있는지도 알지 못하겠다. 나는 배지를 꺼내 들었다. 그리고 호출 버튼을 눌렀다. 사전 설문 조사에서 놀이공원 같은 곳은 절대 싫다고 했건만.

결혼이고 뭐고 사람이 죽을 뻔했는데 감감무소식인 이것들을 고소해 버릴 작정이었다.

"윤혜주 고객님, 고객님이신가요?"

허공에 미진의 목소리가 울렸다. 다급한 목소리로 보아 그녀는 내가 죽을 뻔한 걸 알고 있다. 화가 잔뜩 난 나는 짜증을 냈다.

"이게 어떻게 된 거예요? 죽을 뻔했잖아요! 어떻게 고객이 그런 위험에 빠졌는데 모른 척할 수가 있어요?"

"죄송합니다, 고객님. 고객님이 화면에서 사라지자마자 에러 상황이 발생했어요. 모니터가 다운되는 바람에 저흰 고객님의 상황을 보지 못했어요. 어떻게든 접촉을 시도하려고 했지만, 연락도 안 되시고. 대체 어디세요?"

"에러 상황이요? 아니, 그런 위험이 있다면 진즉에 말씀해 주셨어야죠!"

나는 자리를 박차고 일어나 소리 질렀다.

"고객님, 진정하세요. 저희도 이런 일이 처음이에요. 지금 복구하고 있으니 곧 조치가 취해질 겁니다."

미진이 찬찬히 설명해 주며 분노에 찬 나를 진정시키려 했다. 하지만 나는 오히려 그녀의 안내에 부아가 치밀어 올랐다. 200퍼센트 안전하다고 했는데, 절대 위험한 일은 일어나지 않을 거라고 했는데, 내가 처음 발생한 에러라고? 컴퓨터에서조차 결혼을 거부받은 것 같았다. 심호흡하며 난 그녀에게 내가 있는 위치를 설명했다.

"아, 네 이제 보이네요. 많이 놀라셨죠? 지금은 어떠세요? 정신적으로 충격을 받으셨을 텐데. 다른 섹션으로 옮겨드릴까요?"

나는 당장이라도 나가고 싶다고 말하려고 입을 뗐다.

'여기서 기다릴게요.'

그렇다! 그 웃는 모습이 예뻤던 그 남자. 그러고 보니 잠시 이곳에 오기 전, 현실 세계에서 눈을 떴던 게 기억났다. 그리고 무슨 일이 있어도 그 남자와 다시 만나겠다 결심하며 억지로 다시 잠이 들었던 것 또한 떠올랐다. 그게 꿈이 아니었나? 도대체 어디까지 꿈이고 현실인지 정신을 차릴 수 없었다. 하지만 분명한 건 단 하나! 나를 기다린다던 그 남자! 순발력이 제일이던 그 남자! 시간이 얼마나 지난 걸까? 기껏 그 남자 때문에 돌아와 놓고 까먹고 있었던 나 자신이 바보 같았다.

"저 아까 거기로 다시 보내주세요."

분노는 이미 차게 식고 다급함과 애절함이 남았다. 다시 그 사람을 만나야 했다. 지금의 내 상황을 설명하고 다정히 단둘이서 심도 있는 대화를…

"어머, 어떡하죠? 에러가 나는 바람에 그곳에 가실 수 없어요. 혜주 씨는 그 프로그램에서 쉽게 말하자면 팅기신 거니까요."

"팅… 뭐요?"

나는 게임을 하다 렉이 걸린 화면을 떠올렸다. 그래픽이 깜박이고 동작마다 끊겼으며 모든 그림이 녹아 흐르는. 그런 걸 내가 경험했다는 거야?

"하지만 다른 좋은 섹션이 혜주 씨를 기다리고 있답니다. 걱정하지 마시고 좋은 섹션으로 제가 안내할게요."

"팅기… 뭐요?"

"자, 다음 식에 직선을 하나만 그어 올바른 식을 만드세요."

5+5+5=550

전광판에 이상한 식이 나왔다. 나는 불퉁한 표정으로 이상한 모니터가 하단에 있는 테이블에 앉아 사람들과 두뇌 테스트를 했다. 열심히 머리를 굴려보지만, 도무지 답이 떠오르지 않았다. 사람들은 저마다 답을 적었고 곧 모니터에 그들의 답이 떴다. 답을 쓰지 못한 사람은 나뿐이다. 학교 다닐 때 공부 잘한다고 소문난 나였으나 이건 달랐다. 모두가 이런 쉬운 문제도 풀지 못하는 날 신기하게 바라봤다.

"하하하, 귀엽네요. 센스가 없어도 괜찮아요."

옆자리의 남자가 다독여 줬다. 그러자 주위의 여자들이 시선을 교환하며 코웃음을 쳤다. 튀려고 별짓을 다 한다고 생각할까?

미진은 도대체 무얼 근거하여 날 이곳에 보냈을까? 또다시 문제가 나왔다. 나는 한숨을 내쉬고 배지를 꺼내 들어 호출 버튼을 눌렀다.

"예능 프로그램을 좋아하고 지혜로운 분이 이상형이라고 하셔서요."

"예능이 이런 프로그램만 있는 것도 아니고."

미진은 내가 가고자 하는 곳을 다른 식으로 해석했다. 아까는 산이 좋다고 했다며 등산을 시켰다. 너무 다른 게, 나는 산을 *보.는.것.만* 좋아했다! 등반의 뜻을 포함한 게 아니라! 몇몇 인정 넘치고 열정적인 사람들이 이끌어 준 덕분에 중반까지 오르다가 숨이 넘어갈 때쯤 호출 버튼을 눌렀다.

그만두고 싶다고 칭얼거려도 나는 오류가 고쳐질 때까지 머리 위 시간이 0인 채 이 가상 세계에 갇혔다. 미진이 최고의 프로그래머가 현재 상황을 해결 중이니 걱정하지 말라고 타일렀다. 또한, 자신은 수십의 커플을 탄생시킨 전문가이니 매칭이 잘되는 곳을 추천하겠다고 했다. 정적인 내 취향과는 조금 달라 힘들 수 있지만, 경험해 보면 아주 높은 확률로 좋은 사람과 만날 수 있다고 단언까지 했다. 처음엔 비슷한 취향이 높은 확률이라고 하지 않았나? 어쨌든 현재 여러 상위 섹션에 대기를 걸어놨고 인기 방인 만큼 조금만 더 기다려 달라는 말과 함께 이 기회에 전 섹션을 구경시켜 주겠다며 꿩 먹고 알 먹는 거라고 일장 연설을 했다. 그렇게 설득에 당한 나는 이 상황을 긍정적으로 생각하려고 애썼다. 계속 명치 끝에 무언가가 걸린 느낌을 무시하며.

나는 산으로 둘러싸인 공터를 걸었다. 저 멀리 사람들이 몰려 있었다. 저마다 스트레칭으로 몸을 간단히 풀거나 삼삼오오 모여 대화를 했다. 난 그들 틈바구니에 꼈다. 여긴 또 뭐 하는 곳인가 싶었다.

"이곳은 잠깐 몸을 풀면서 대화를 할 수 있는 곳입니다."

경쾌한 미진의 목소리가 들렸다.

"몸을 풀어요?"

"네, 마라톤이죠! 사실 요리를 하면서 만남을 가지는 섹션으로 안내해 드리고 싶었는데 인원이 다 차서 말이죠."

요리라. 남자들은 요리하는 여자를 보며 현모양처를 꿈꾸겠고 여자들은 요리하는 남자들을 섹시하게 느낄 테고.

"다행이네요."

다행히 그들에게 검게 태운 요리를 대접 안 해도 되었다. 그렇다고 마라톤이라니. 하루에 두 번의 스포츠라니. 나는 운동이 싫었다. 그것도 달리는 운동을. 도대체 이건 또 뭘 근거로 해서 보낸 걸까? 등산으로 그나마 남아 있던 체력이 바닥난 판에. 나는 힘없이 앞 여자가 유연히 준비운동 하는 모습을 따라 했다. 뼈마디에서 살려달라는 소리가 났다.

"안녕하세요."

구릿빛 피부의 남자가 인사를 했다. 딱 벌어진 어깨에 갑옷처럼 단련한 근육이.

"운동 좋아하세요?"

"그렇게 좋아하는 편은 아니에요."

"그러세요? 여긴 구간이 짧아서 처음이신 분이 시도하시기에 딱 좋아요. 바람도 좋고 너무 습하지도 않고요."

단풍 숲에서의 남자처럼 이 남자도 활짝 웃었다. 내가 아까 건강한 남자가 이상형이라고 체크했던가? 근육질의 남자를 체크했던가? 아니면 미소가 아름다운 남자? 남자가 깜빡했다는 듯 손을 바지에 비비고 앞으로 내밀었다.

"허우상입니다."

솥뚜껑처럼 큰 손이 악수를 청하자 난 조심스레 그 손을 마주 잡았다.

"윤혜주입니다."

갑자기 호루라기 소리가 들렸다. 사람들이 모여들었다. 허우상은 힘차게 맞잡은 손을 위아래로 흔들더니 말했다.

"그럼 달려봅시다."

총성이 울렸다. 사람들이 함성을 내지르며 출발선을 뛰어나 갔다.

옹기종기 모인 사람들의 틈바구니에서 종종거리며 뛰었다. 하늘에 밝게 조명이 떴고 땅에 많은 그림자로 얼룩졌다. 허우상이 말했다.

"앞을 바라보세요. 땅을 보면 더 힘들거든요. 숨을 코로 쉬고 내쉴 땐 입으로 조금씩 뱉으세요. 리듬을 타시는 게 좋아요. 호흡이 흐트러지면 힘들어져요."

"그러면서 어떻게 대화하라는 거죠?"

벌써 숨이 턱까지 차올랐다. 허우상이 호쾌하게 웃었다.

"재밌는 분이시네요."

"그것참, 처음 듣는 말이네요"

나 말고 다른 사람들은 차분해 보였다. 처음 온 순간부터 느꼈지만, 그들은 저마다 열정과 의지에 가득 차 있었다. 투덜거리며 이곳까지 온 나 또한 저들과 같은 표정일까? 아니면 실패를 예감하는 표정일까? 허우상이 내 머리 위쪽을 가리켰다.

"타임이 이상하게 설정되셨네요?"

"많은 일이 있었죠. 절대 죽지 않는 공간이지만, 정말 죽을 뻔했다가 불사의 몸이 되어버렸다고나 할까요."

"누가 들으면 좋아할 말이네요."

"누가요?"

허우상이 웃었다.

"제가요."

"다행이네요. 그쪽이라도 웃어서."

그의 미소를 보다가 부끄러워진 나는 알려준 대로 앞을 보고 복식 호흡을 했다. 뛰는 발에 리듬을 실어보려고 애썼지만, 호흡은 흐트러지고 발은 점차 무거워졌다. 이를 악물었다. 그에게 힘든 모습을 보이고 싶지 않았다. 겨우 남자와 대화다운 대화를 하고 있었다. 몇 시간 만에 드디어 이곳에 온 목적이 실현되는 중이었고, 그에게 계속 흥미 있는 여자가 되고 싶었다. 어색해지지 않게 그에게 물었다.

"운동을 참 좋아하시나 봐요?"

"예, 움직이는 걸 좋아해서요. 계절마다 하는 게 있어요. 여름엔 스노클링을 하러 다니고, 겨울엔 스노보드를 타죠. 봄이나 가을엔 이렇게 뛰어다니고요. 혜주 씨는 어떤 스포츠를 좋아하세요?"

"전 그저 산을…"

보는 걸 좋아한다는 말을 끝마치기도 전에 허우상이 말을 가로챘다.

"아! 등산 좋아하시는구나! 봄가을에 등산 좋죠!"

"하하, 그렇죠. 좋아해서 아까 다른 곳에서 등산하고 왔어요."

거짓말은 아니니 얼굴이 굳어질 이유는 없다고 생각하면서도 재빨리 보이지 않는 도착지를 바라보았다.

"날이 더 추워지기 전에 저와 한번 같이 가요."

"네?"

그때 다리가 풀렸다. 넘어질 뻔한 걸 우상이 재빨리 부축했다. 어색한 미소로 감사의 화답을 하는데 뒤에서 따라오는 한 남자의 목소리가 들렸다.

"집에 돈이 많은가 봐요. 곱게 크셨어요. 이런 데 오면서 백수라니."

나는 고개를 돌려 불쑥 튀어나온 말의 주인을 봤다. 남자 옆에는 작은 체구의 여자가 얼굴이 빨개진 채 고개를 숙였다. 그는 누구나 들으라는 식으로 목소리를 높였다.

"집 사 갈 능력 정도는 되겠고, 가지고 올 열쇠도 많겠고. 그 거 아니면 아무리 학벌이 좋다고 해도 남자들은 나보다 학벌 좋은 여자 안 좋아해요."

사람들이 호기심 어린 시선을 보내면서도 그 남자를 재빨리 지나쳤다. 문제에 엮이고 싶지도, 자신을 불편하게 하는 상황을 보고 싶지 않다는 듯이. 심지어 섹션 관리자마저 그를 제지하지 않았다.

나도 그 남자에게서 고개를 돌렸다. 애써 귓가에 들리는 불평 불만을 무시했다. 우상의 얼굴이 굳었다. 그는 남자의 말과 행동이 부당하다고 느끼는지 연신 헛기침을 했다. 그가 내게 말했다.

"여기 오는 사람들 중에서는 입으로 뱉지만 않았지 저렇게 생각하는 부류가 많아요. 혜주 씨도 적으셨죠? 인적 사항과 연봉과 이상형… 어떤 사람들은 부모와 사돈의 팔촌까지 백이 있다면 적는 걸 서슴지 않죠. 좀 더 부풀려 보려고, 자신을 빛내보려고. 소개팅 자리는 부담이 없더라도 선 자리는 모든 조건이 오가죠. 이곳은 아무래도 돈이 오가는 결혼 정보 회사니까, 당연한 거죠."

"저렇게 사람을 무시하는 게 당연하다는 건가요?"

"저런 사람이 있는 게 당연하단 거죠. 어떻게든 사람을 깎아내리는 건 옳지 않아요. 이곳에 몇 번 왔는데 저런 광경을 올 때마다 보네요."

이제 남자는 호출 버튼을 눌러대며 해당 커플매니저에게 소리쳤다. 사태를 지켜보던 관리자가 그들에게 다가갔다.

"여기 물이 별로라고 몇 번을 말해? 내가 원하는 건 이게 아니란 말이야! 내 스펙에 맞은 여자를 데려오라고! 내가 왜 이런 허접한 여자에게 시간과 돈을 들여야 하냐고?"

우상은 나를 부축하던 팔을 내려놨다. 주위를 둘러보다 못 견디겠는지 그는 한숨을 쉬며 말했다.

"볼 때마다 적응이 안 되고, 내가 상품이 된 것 같고, 안 그래요? 그렇다고 무시하자니 비굴해지는 것 같고."

그의 말에 깨달았다. 내내 마음 한편이 불편하고 마음에 들지 않았던 게 이거였나?

"괜히 혜주 씨에게 미안하네요."

"뭐가요?"

나의 물음과 동시에 우상은 뒤돌아 남자의 얼굴에 주먹을 휘둘렀다. 너무 놀라 비명이 튀어나왔다. 우상은 쓰러진 남자의 위에 올라타 멱살을 잡고 작정하고 주먹을 휘둘러 댔다. 고성과 욕설이 오갔다. 관리자와 몇 명의 남자가 우성을 말렸지만, 튼튼한 스포츠맨을 말리기에 힘들어 보였다. 싸움 구경을 하는 몇 사람을 제외한 나머지 참가자들은 피니시를 향해 달려갔다. 바람결에 이 모든 것과 상관없어 보이는 그들의 웃음이 메아리쳤다.

사람들이 싸우는 그들을 데리고 사라졌다. 우상은 여전히 씨근덕거리며 관리자의 안내를 받아 구역을 벗어났다. 나는 뛰는 것도 잊고 멍하니 공터에 섰다. 우상의 말이 뇌리에서 떠나지 않았다.

이곳에서는 모두가 상품이 되고 높은 가격을 받으려 저마다 매력을 발산한다. 결혼에 대한 호기심도 있고 열렬한 연애를 해 본 이들이라면 다시 그 마음을 가지고 싶을 것이다. 남들처럼 가족들을 가지고 싶고, 문득 치미는 외로움을 상쇄하기 위해. 그러나 이렇게 다른 사람을 깎아내리고 나 자신이 아닌 다른 사람이 되어 누군가와 싸우기까지 하면서 결혼을 쟁취해 내야 할 이유를 못 찾겠다.

나의 포장 가격은 얼마일까? 뜯어보지도 못한 나의 포장 가치가 결혼을 결정하는 수단이라는 사실에 가슴이 아프면서도 허무함에 화가 났다.

나는 가슴에 달린 배지를 떼어내 호출 버튼을 눌렀다.

"혜주 씨? 거기서 뭐 하세요? 완주 안 하세요?"

미진의 목소리가 허공에서 들렸다.

"더는 싫어요."

"네?"

"그만하고 싶습니다."

"…혜주 씨. 앞으로 더 좋은 섹션들이 혜주 씨를 기다리고 있어요. 더 훌륭한 사람들이 혜주 씨를 기다리고 있답니다. 조금만 더 힘내시면."

나는 주위를 둘러봤다. 그리고 트랙을 벗어나 갈대 수풀로 이어진 곳을 향해 걸었다. 미진의 목소리가 뒤따랐다.

"마음에 들지 않은 게 뭔지 말씀해 주시면 수용하여 적절한 조치를 취하겠습니다. 이렇게 무작정 다니시면 안 돼요. 혜주 씨, 아직 시스템이 오류인지라 깨어날 방도가 없어요. 그러지 말고 조금만 더 참으시면…"

밀려드는 갈대를 헤치며 나는 계속 앞으로 나아갔다. 나는 말했다. 미진에게 말하는 거였으나 어쩌면 나 스스로가 이해하고 다짐하는 거였다.

"문득 그런 생각이 들더라고요. 저는 다른 사람들의 강압에 못 견뎌 이곳에 왔어요. 제 생각도 없잖아 있었겠죠. 남들 시선에 저를 맞추려고 했던 거죠. 그러나 이곳에서의 제 매력은 외모, 학력, 직장, 재산 등이었고 남들을 보는 저의 시선 또한 마찬가지였어요. 그런데요. 그걸로 나나 사람들을 재단하기엔 부족하잖아요. 이런 식으로 누군가를 선택하고 싶지 않아요. 분명 후회할 테니까요. 그게 내가 이곳에서 모든 것을 겪고 난 감상이자 소감이에요."

속이 시원했다. 앞으로도 가족과 친척들의 잔소리가 있을지라도 그들이 내 인생을 살아주는 게 아니다. 나는 당당했다.

"나는 나를 선택하겠어요."

나와 말이 안 통하겠는지 그녀는 자신의 상사를 불렀다. 마이크가 멀어졌다. 오로지 귓가에 갈대를 스치는 바람 소리만이 들렸다. 갈대밭 끝에 빛이 굴절되는 유리막이 보였다. 캠핑장 푸드 코너에서 봤던 것과 같았다. 오류의 시작 그리고 그 끝. 나는 현생의 나를 향해 발을 내디뎠다. 환한 빛이 내 앞에 펼쳐졌다. 반대편에서 들려오는 심장 박동 소리가 경쾌했다.

인류애가 제로가 되었다

ⓒ 오누이·정현욱·김지원·황모과·배명은, 2022. Printed in Seoul, Korea

초판 1쇄 찍은날 2022년 5월 23일
초판 1쇄 펴낸날 2022년 6월 15일
지은이 오누이·정현욱·김지원·황모과·배명은
펴낸이 한성봉
편집 강은혜
콘텐츠제작 안상준
디자인 정명희
마케팅 박신용·오주형·강은혜·박민지
경영지원 국지연·강지선
펴낸곳 스토리존
등록 2015년 8월 11일 제2017-000039호
주소 서울시 중구 퇴계로30길 15-8[필동1가 26] 2층
페이스북 www.facebook.com/dongasiabooks
인스타그램 www.instagram.com/dongasiabook
트위터 twitter.com/storyzone01
블로그 blog.naver.com/storyzone1
전자우편 storyzone1@naver.com
전화 02) 757-9724, 5
팩스 02) 757-9726

ISBN 979-11-88299-31-7   03810

※ 동아시아의 장르문학 브랜드 스토리존은 이야기의 다양한 매체적 활용을 꿈꿉니다.
※ 잘못된 책은 구입하신 서점에서 바꿔드립니다.

만든 사람들

기획 21스튜디오·21페이지
기획편집 강은혜
책임편집 김유라
크로스교열 안상준
표지디자인 스튜디오 프랙탈
일러스트 소만
본문조판 김경주